MARC HOFMANN

DER MATHELEHRER UND DER TOD

GREGOR HORVATHS
ERSTER FALL

KNAUR

Besuchen Sie uns im Internet:
www.knaur.de

Aus Verantwortung für die Umwelt hat sich die Verlagsgruppe Droemer Knaur zu einer nachhaltigen Buchproduktion verpflichtet. Der bewusste Umgang mit unseren Ressourcen, der Schutz unseres Klimas und der Natur gehören zu unseren obersten Unternehmenszielen. Gemeinsam mit unseren Partnern und Lieferanten setzen wir uns für eine klimaneutrale Buchproduktion ein, die den Erwerb von Klimazertifikaten zur Kompensation des CO_2-Ausstoßes einschließt.
Weitere Informationen finden Sie unter: www.klimaneutralerverlag.de

MIX
Papier aus verantwortungsvollen Quellen
FSC® C083411
www.fsc.org

Originalausgabe Mai 2020
Knaur Taschenbuch

Ein Imprint der Verlagsgruppe
Droemer Knaur GmbH & Co. KG, München

Redaktion: Regine Weisbrod
Covergestaltung: Carolin Liepins
Coverabbildung: Carolin Liepins
Satz: Adobe InDesign im Verlag
Druck und Bindung: CPI books GmbH, Leck
ISBN 978-3-426-52547-0

2 4 5 3 1

Für Anne

Von Bedeutung sind stets jene Fakten, die nicht passen.
Hercule Poirot in Tod auf dem Nil

Prolog

Interessant ist, dass meine Gedanken ganz klar sind. Mein Puls schlägt erstaunlich ruhig, es fühlt sich an, als wäre ich unbeteiligter Beobachter eines wissenschaftlichen Experiments.

Gleich werde ich nichts mehr sehen und in weniger als einer Minute nicht mehr atmen können. Irgendwann werde ich den Mund öffnen, wodurch Erde in ihn dringt, an der ich dann ersticken werde. Es wird ähnlich sein wie Ertrinken.

Studienrat hat den ganzen Kopf voll Draht heißt eine Zeile aus dem Buch *Eine Woche voller Samstage*. Wieso fällt mir das ausgerechnet jetzt ein? Außerdem müsste es heißen: Studienrat hat den ganzen Mund voll Dreck. Aber das ist nichts für Kinder und reimt sich auch nicht.

Das hat er nun davon, der Herr Studienrat – Oberstudienrat, um genau zu sein –, wenn er glaubte, er müsse seine Nase in Dinge stecken, die zu groß für ihn sind. Wenn er glaubte, er könne einfach einen Mord aufklären. Jeder sollte das tun, wofür er gemacht ist. Alles andere ist Hybris.

Arthur Schnitzler hat sich einen Herzstich setzen lassen. Er verfügte testamentarisch, dass der Arzt, der seinen Tod feststellte, ihm ein Messer ins Herz stoßen solle, damit auch wirklich sichergestellt sei, dass er nicht mehr lebe. Aus lauter Angst davor, lebendig begraben zu werden. Hans Christian Andersen und Schopenhauer haben ähnliche Maßnahmen ergriffen, um zu vermeiden, dass sie irgendwann tief unter der Erde in ihrem Sarg erwachten, um dort dann qualvoll zu ersticken. Es wurden sogar technische Hilfsmittel erdacht, um dieser Situation zu entkommen, etwa eine Schnur, mit der der Scheintote eine Glocke am Grab auslösen oder eine Signalfahne entfalten konnte. Selbst Särge mit einem Sauerstoffvorrat wurden konstruiert.

Nun ist es eine Sache, theoretisch über diese Dinge nachzudenken. Etwas ganz anderes ist es, dabei gefesselt in einer eigens für einen selbst ausgehobenen Grube zu liegen, während diese Grube langsam zugeschaufelt wird. Und es immer dunkler wird.

Ich frage mich, was nun kommen mag, und schließe die Augen, weil sie beginnen zu brennen. Ich blase etwas Erde von Mund und Nase, das verschafft mir ein paar Sekunden – aber nur, bis die Schaufel wieder über dem Grubenrand erscheint und die nächste Ladung auf mich fällt. Es dauert eine Weile, bis ein Mensch völlig begraben ist. Es gibt schnellere Methoden, jemanden zu töten. Zum Beispiel, ihn aus einem Fenster zu stoßen. Im Gegensatz zum Erdrosseln ist der Mörder hier nur indirekt für den Tod verantwortlich. Das macht es einfacher.

Der Unterschied ist, dass beim Begraben die Leiche gleich verschwunden ist. Man gilt dann einfach als vermisst. Bis irgendwann der Hund eines Spaziergängers etwas aus der Erde gräbt, oder auch nicht.

Niemand weiß, dass ich hier bin. Alleine leben, alleine sterben. So allein, wie ich gearbeitet habe. Denn, mal ehrlich: Auch wenn man als Lehrer dauernd mit Menschen zu tun hat, in den entscheidenden Situationen ist man so alleine, wie man nur sein kann. Beim Vorbereiten, beim Korrigieren. Und natürlich: vor dreißig Jugendlichen in der Klasse.

Jetzt aber macht es sowieso keinen Unterschied mehr, wie ich gelebt und gearbeitet habe. Denn jeder stirbt für sich allein – heißt es nicht so?

1.

Montag

Es war Viertel nach sieben Uhr morgens, und es war nass, kalt und dunkel. Ich stand an der üblichen Stelle im Freiburger Stadtteil Wiehre, an der Ecke Glümer- und Urachstraße bei der Statue des kleinen Kalbs. In fünfundvierzig Minuten würde ich versuchen, übermüdeten Schülern Inhalte zu vermitteln, die ich für bedeutsamer hielt als sie. Und draußen würde es immer noch mehr dunkel als hell sein.

Es war grotesk, die Schule so früh beginnen zu lassen, gegen den Biorhythmus der meisten Jugendlichen. Andererseits, die erste war die schönste Stunde des Tages. Weniger Störung gab es später nie mehr. So viel Ritalin könnte man gar nicht in die Wasserspender hineinmischen, um eine solche Ruhe im Unterricht zu bekommen wie früh am Morgen.

Buschmanns Auto hielt, und ich rechnete schon mit seinem üblichen Montagmorgenwitz, einen Meter weiter zu fahren, wenn ich versuchte, die Beifahrertür zu öffnen, doch er blieb stehen.

»Guten Morgen, Herr Kollege«, sagte ich.

»Morgen«, murmelte er zurück, und ich stieg ein.

Kurz bevor das Innenlicht wieder ausging, bemerkte ich, dass er fürchterlich aussah.

»Wenig Schlaf?«, erkundigte ich mich.

Er nickte. »Hatten Besuch. Viel zu lang. Und zu viel Wein.«

»Die Frau Gemahlin schläft heute etwas länger?« Seine Frau Silke war auch eine Kollegin. Die beiden hatten sich an der Schule kennengelernt, waren ein Paar geworden und hatten vor einigen Jahren geheiratet.

»Krank«, murmelte er.

»Oh. Dann wünsche ich baldige Genesung«, sagte ich und blickte hinaus auf die künstlich beleuchteten Straßen Freiburgs, wo der Verkehr gerade noch spärlich genug floss, dass wir gut vorankamen. In einer Stunde würde es kein Durchkommen mehr geben – zu viele Baustellen und zu viele Fahrzeuge ergaben eine Kombination, die Freiburg zum Albtraum jedes Autofahrers machten.

»Hey, du Arsch«, rief Buschmann und meinte einen Fahrradfahrer, der uns ohne Licht auf der falschen Seite entgegenkam und uns am Abbiegen hinderte. Der Radfahrer gestikulierte mit einer Hand. Vermutlich fühlte er sich im Recht. Einfach deshalb, weil er mit dem Rad fuhr. Ein typisches Freiburg-Phänomen.

Obwohl unsere Schule, das Robert-Schumann-

Gymnasium, lediglich am anderen Ende der Stadt lag – was in Freiburg keine allzu weite Entfernung war –, fuhren wir mit dem Auto. Für Lehrer in der sogenannten *Green City* war das ein ungewöhnliches Verhalten, hätten wir doch die Strecke eigentlich mit dem Rad oder mit öffentlichen Verkehrsmitteln zurücklegen können und wohl sogar müssen. Letztere fuhren wegen eines Streiks aber momentan zu unregelmäßig, und das Rad mieden wir beide. Ich, weil ich mich grundsätzlich von jeglichen sportlichen Aktivitäten fernhielt, und Buschmann, weil es ihm zu kalt und ungemütlich war. Er, der immerhin Sportlehrer war, bezeichnete sich gerne als Schönwettersportler.

Da ich weder Auto noch Führerschein besaß, übernahm er den Fahrdienst, ich hatte mir jedoch vorgenommen, ihn, sobald die Bahnen wieder verlässlich fuhren, opulent zum Essen einzuladen.

»Und?«, fragte ich mit Blick auf seine ausgeleierte Jeans, die orangefarbenen Laufschuhe und seine rote Outdoorfunktionsjacke. »Heute wieder eher farbenfroh-leger gekleidet?«

Er sah mich an und nickte, schien aber wirklich unpässlich zu sein, denn normalerweise hätte er mit etwas gekontert wie: »Und der Herr Geheimrat, heute mal wieder in dezenten Farben und altmodischem Zwirn?«, und dann hätte ich gesagt: »Dass Stil und Geschmack als ungewöhnlich und verspottenswert betrachtet werden, liegt eher an der Stil- und Geschmacklosigkeit der Gegenwart als an irgendetwas anderem, oder, mit anderen Worten: Wenn die Sonne der Kultur tief steht, werfen auch schlecht gekleidete Zwerge lange Schatten.« Dann hätten wir beide gelacht, und es wäre ein guter Start in die Woche gewesen. Ein übliches Geplänkel zwischen uns, da wir beide uns optisch und auch in vielem anderen beträchtlich unterschieden. Im Gegensatz zu ihm trug ich weder jemals andere Farben als Schwarz, Grau, Weiß oder höchstens einmal Dunkelbraun, noch sah man mich je in Jeanshosen. Das letzte Mal hatte ich eine mit achtzehn getragen, danach beschloss ich, mich fortan ordentlich zu kleiden. Seither trug ich Anzüge, seit einigen Jahren nicht einmal mehr von der Stange, sondern extra für mich geschneidert. Gerne auch aus etwas gröberem, dickerem Stoff. Ich wollte nicht aussehen wie ein Bankangestellter. Dazu Mäntel, Kurzmäntel, häufig eng tailliert mit großem Kragen im Gehrock-Stil. Bei den Schuhen vermied ich die aktuellen schmalen Schleicher, ich bevorzugte auch hier etwas Schwereres. Dazu meist eine Weste, an der eine silberne Taschenuhr befestigt war.

Auf die meisten Mitmenschen wirkte diese Kleidung exzentrisch, für mich war es die einzige Möglichkeit, mich angezogen zu fühlen.

»Du bist mindestens im falschen Jahrzehnt, wenn

nicht im falschen Jahrhundert geboren, du bist völlig aus der Zeit gefallen«, hatte Rosa am Ende erklärt. »Ich aber lebe jetzt, und deshalb funktioniert das nicht mit uns beiden.«

Mit allem hatte Rosa recht gehabt, außer mit einem: Aus der Zeit gefallen war ich nicht. Ich war nämlich nie drin gewesen.

Natürlich hob ich mich auf diese Weise von den allermeisten Kollegen an der Schule ab. Vor meinem Dienstantritt vor nunmehr fünfzehn Jahren hatte ich naiverweise kurz geglaubt, einen Beruf gewählt zu haben, in dem ich mit meiner Kleiderwahl gar nicht so auffallen würde, aber das war ein Irrtum gewesen. Lehrer trugen nahezu ausschließlich Jeans. Die meisten Kollegen kamen mit T-Shirt in die Schule, und diejenigen, die ein Hemd trugen, glaubten nicht selten, es sei akzeptabel, das Hemd aus der Hose hängen zu lassen. Manche trugen sogar allen Ernstes Sandalen. An besonderen Tagen, wie dem mündlichen Abitur, kombinierten sie zerbeulte Sakkos mit ihren Jeans und glaubten, sie seien gut angezogen.

Buschmann und ich unterschieden uns auch charakterlich deutlich. Er war der Kumpeltyp mit den typischen Kumpelfächern Sport und Geografie, natürlich Vertrauenslehrer, immer ganz nah dran an der Jugend, optisch, sprachlich, in allem. Ich hingegen versuchte, so weit weg wie möglich von der Jugend zu sein, Distanz zu wahren, mich nicht anzubiedern. Weil es eben meine Art war – aber auch aus Respekt vor den Schülern. Sie brauchten keine Vorbilder, die sich genauso aufführten wie sie selbst. Interessanterweise funktionierte beides auf seine Art.

Trotz unserer Unterschiede mochte ich Buschmann. Wir hatten gemeinsam am Schumann angefangen und uns von Beginn an gut verstanden.

Heute jedoch blieb er stumm.

»Noch zwei Wochen, nicht wahr?«, versuchte ich etwas Small Talk. Nicht gerade meine Stärke.

»Mhm«, machte er.

»Bis zu den Herbstferien?«

Normalerweise verweigerte ich mich diesem Thema und redete prinzipiell nicht darüber, wann die nächsten Ferien begannen, wer mit seiner Familie in den Pfingstferien an die obligatorischen Orte Korsika, Südfrankreich oder die Toskana fuhr. Es interessierte mich schlichtweg nicht.

Ich machte überhaupt vieles nicht mit von dem, was heute lebenswichtig schien. Ich besaß kein Smartphone und keinen Computer. Ich nutzte in meinem Unterricht prinzipiell keine *neuen Medien,* ich ließ mich nicht hetzen, ich ließ mich nicht von Eltern zu Hause anrufen, ich schrieb ausschließlich mit Füllfederhalter, und ich bereitete mich prinzipiell nur an der Schule vor, meine Tasche nahm ich oft nicht einmal mit in meine Wohnung. Lediglich Klassenarbeiten korrigierte ich zu Hause. Sonst hätte ich zu viele Wochenenden korrigierend im Lehrerzimmer verbringen müssen, und das wollte ich dann doch nicht.

»Was ist denn mit dir heute los?«, fragte ich Buschmann dann doch direkt. Das schien mir mehr als ein Kater zu sein.

»Äh, hallo?«, sagte er. »Mir geht's halt nicht so gut, kann ja wohl mal vorkommen, oder?«

Ich beschloss, die leichte Aggression in seiner Stimme zu überhören, konnte mir aber eines nicht verkneifen: »*Hallo*? Sagst du wirklich *hallo*? Findest du nicht, dass wir Lehrer da auch sprachlich eine Vorbildfunktion haben sollten?« Es war ja bei Teenagern schon inakzeptabel, wie sie redeten, dachte ich, was ich sie auch bei jeder Gelegenheit wissen ließ.

Er atmete durch.

»Ich würde mal gerne für eine Stunde wissen, wie sich das anfühlt, du zu sein. Man kann sich doch nicht allen Ernstes darüber aufregen, wie Leute reden«, sagte Buschmann und grinste zum ersten Mal heute Morgen. »Was bist du bloß für ein Typ?«

Ich finde mich eigentlich ganz normal, dachte ich. Ich finde nur die Zeit, in der wir leben, so verrückt.

2.

Vor uns tauchte die Silhouette der Schule im Halbdunkel auf.

Ich war damals glücklich gewesen, hier unterzukommen, schon allein der Architektur wegen. Nie hätte ich es lange an einer dieser fürchterlichen Siebzigerjahre-Ästhetiksünden mit Flachdächern ausgehalten. Das hier war eine Schule nach meinem Geschmack. Alte, verwinkelte Gebäude aus dem neunzehnten Jahrhundert in einem großen Park gelegen, dahinter ein kleines Wäldchen, das man durchqueren musste, wollte man zum Sportplatz gelangen.

Wir fuhren auf den Lehrerparkplatz und stiegen aus. Hinter den Bergen im Osten deutete sich ein trüber Sonnenaufgang an.

Buschmann nahm seine Tasche und eilte Richtung Lehrerzimmer.

»Muss noch kopieren«, rief er.

»Ja, ja, kopieren«, murmelte ich. Kopieren war auch etwas, das ich vermied.

Ich schlenderte zum Turm, einem einzeln stehenden

vierstöckigen Gebäude an der Südseite des Geländes, das wegen Brandschutzbestimmungen nicht mehr zum Unterrichten benutzt werden durfte. Aus genereller Platznot in der Schule befanden sich dort aber verschiedene Räume, die anderweitig verwendet wurden. Unten gab es eine Cafeteria, die man noch für zwei Jahre dort belassen durfte, dann musste eine neue gebaut werden. Außerdem gab es Räume für die Oberstufe, die Schülervertretung, eine Schülerbibliothek, ein paar Fachschafträume und eine Sammlung mit Lektüren in Klassenstärke. Die wollte ich vor dem Unterricht noch aufsuchen, um zu sehen, ob es noch etwas gab, was ich für die Krimieinheit in meinem Deutschabiturkurs gebrauchen konnte.

Ganz oben befand sich das sogenannte Turmzimmer, ein Raum, der schon verschiedene Funktionen innegehabt hatte, er war Meditationsraum, Theaterübungsraum und vieles mehr gewesen. Seit geraumer Zeit nutzte ihn kaum noch jemand.

Ich versuchte, mir die alljährliche Herbstdepression aus den Knochen zu schütteln. Immer kurz vor den Herbstferien ging es los, wenn es morgens kalt und dunkel wurde. Ich glaubte, es wurde jedes Jahr schlimmer. Ich ging motiviert ins neue Schuljahr, und nach sechs Wochen war ich schon wieder so weit. Es war ein Beruf, der mit den Jahren seine Spuren hinterließ. Die Wiederholung des Immergleichen, dem man aber stets mit der größtmöglichen Aufmerksamkeit begegnen musste.

Vielleicht war es auch gar nicht sc sehr der Beruf, sondern das Leben selbst. Tatsächlich hatte ich mich, seit Rosa nicht mehr da war, noch mehr eingerichtet in meinen Gewohnheiten und Routinen, die mir zwar lieb und teuer waren, mir aber in letzter Zeit ein wenig schal erschienen. Vermutlich war ich zu viel alleine. Ich konnte mich immer schon gut alleine beschäftigen, hatte es oft genossen, nicht ständig auf Achse sein zu müssen, hatte schon in der Jugend nie das Gefühl gehabt, etwas zu verpassen, wenn ich zu Hause blieb, ganz im Gegensatz zu meinem Zwillingsbruder Martin, den es immer nach draußen zog. Doch in letzter Zeit beschlich mich ein Gefühl, das ich bisher kaum gekannt hatte: Langeweile. Wann hatte ich zum letzten Mal etwas zum ersten Mal gemacht? Ich konnte mich nicht erinnern.

Ich blickte am Turm nach oben und stutzte.

Im obersten Stockwerk brannte Licht. Wer hatte dort so früh an einem Montagmorgen zu tun?

Der Eingang zum Turm war verschlossen. Ich schloss auf, betrat das Gebäude und stieg die Stufen hinauf. Ganz oben befand sich nur eine einzige Tür, und die war offen.

Ich ging hinein und sah mich um. Alles schien so wie immer. An der linken Raumseite standen ein paar Tische und mehrere Stapel Klappstühle. An der Stirnseite neben dem Kamin das alte Ledersofa und zwei große Sessel.

Das Fenster zur Rückseite des Gebäudes war geöffnet. Offenbar schon seit geraumer Zeit, angesichts der Kühle im Zimmer. Ich ging hin und wollte es schließen. Dann sah ich hinaus und erstarrte.

Unten, auf dem Asphalt hinter dem Turm, lag ein Mensch.

3.

Herr Oberstudienrat Horvath, schön, Sie zu sehen.« Martin kam zur Absperrung und streckte mir die Hand entgegen.

»Stehst du schon lange hier?«

Ich ergriff seine Hand und blickte auf den mittlerweile mit einer Folie bedeckten Körper meines Kollegen Michael Menzel.

Nachdem ich seine Leiche vom Turmzimmer aus entdeckt hatte, war ich sofort nach unten gelaufen, hatte erkannt, um wen es sich handelte, festgestellt, dass der Körper leblos war, und dann sofort die Polizei gerufen, die nun seit einiger Zeit mit einem Großaufgebot an Personal hier zugange war.

»Nein, ich musste mich erst einmal erholen«, sagte ich. Nach dem Telefonat hatte ich mich in ein leeres Klassenzimmer zurückgezogen, um den Schock zu verdauen. Da lag Michael Menzel, der Kollege, der im Lehrerzimmer neben mir saß. Physik und Mathe. Und jetzt war er tot.

»Euer Schulleiter hat ihn gerade identifiziert«, sagte

Martin. Ich sah Dr. Kroll, wie er etwas abseits leise, aber intensiv auf einige Kollegen einredete. Wahrscheinlich ging es um den Umgang mit dieser Situation im weiteren Verlauf des Schulvormittags.

Ich wandte mich wieder Martin zu, dessen Äußeres mich immer wieder aufs Neue verblüffte. Seine Frisur war durcheinander, die Haare leicht fettig, er trug einen Drei-oder-mehr-Tage-Bart, und die Lederjacke hatte er meines Wissens seit Jahrzehnten.

»Ist das eigentlich Einstellungsvoraussetzung bei euch, dass man eine möglichst speckige, unförmige Lederjacke trägt?«, fragte ich meinen Bruder. So eine Plänkelei unter Brüdern würde mir jetzt guttun.

Martin schüttelte den Kopf und betrachtete mich von oben bis unten. Dann ergriff er meine Taschenuhr und begutachtete sie schmunzelnd.

»Mannomann, was ist bei dir eigentlich schiefgelaufen? Wir haben doch denselben Vater, oder?«

»Wir sollten uns mal für die Zwillingsforschung melden, die Wissenschaft hätte ihre wahre Freude an uns.«

Ein alter Scherz zwischen uns beiden. Viel unterschiedlicher konnten zwei Brüder nicht sein. Zumal Zwillinge: Martin war emotional, aufbrausend und körperlich. Schon immer musste er sich bewegen und dabei möglichst viel schwitzen. Ich hingegen war rational, besonnen und vermied körperliche Aktivitäten, außer einer.

Das Einzige, was uns zu einen schien, war unsere Rebellion gegen unseren politisch-ökologisch engagierten Achtundsechziger-Vater, dem wir beide mit unseren Berufsentscheidungen maximal zugesetzt hatten. Martin ging zur Polizei, ich wurde Lehrer. Beide dienten wir nun dem Staat, den unser Vater in den Siebziger- und Achtzigerjahren bekämpft hatte.

Martin war erst vor einigen Monaten aus Hamburg zurückgekehrt. Es war etwas unklar, warum, die einen sagten, er sei nach einem schiefgelaufenen Einsatz strafversetzt worden, zurück in die süddeutsche Provinz, er selbst sagte, es sei wegen Anna, seiner neuen Lebensgefährtin.

Und so standen wir nun am Fuß des Turms, um uns herum wurde emsig untersucht und gearbeitet.

Der Arzt, der nach meinem Notruf als Erster eingetroffen war, hatte zunächst den Tod des am Boden Liegenden festgestellt, eingetreten nach momentanem Stand durch den Aufprall auf dem Asphalt. Näheres würde die Gerichtsmedizin zutage bringen.

»Übrigens, Gregor«, sagte Martin, »das hier ist Betty. Betty DeVille. Meine neue Assistentin. Ist von der Kriminaltechnik zu uns gewechselt. Ihr erster Fall.«

Betty DeVille, toller Name, dachte ich. Sie war ganz in Schwarz gekleidet, trug hohe Stiefel, hatte schwarz lackierte Fingernägel, pechschwarze Haare und einen zu rot geschminkten Mund. Der sehr schön war, wie mir auffiel. Allerdings schien mit ihren Augen etwas nicht zu stimmen.

Ich streckte ihr die Hand hin.

»Horvath«, sagte ich.

»Ich weiß«, sagte sie, ohne meine Hand zu ergreifen.

Ich sah mich um. Der Fundort des Toten war weiträumig abgesperrt, vor allem, um die Schüler abzuhalten. In dem kleinen Wäldchen am anderen Ende der Wiese hinter dem Turm sah man einige Gestalten zwischen den Bäumen hin und her huschen, doch es war zu weit weg, als dass sie viel hätten erkennen können. Innerhalb der Absperrung am Fuß des Turms standen außer den Polizeibeamten die Schulleitung, einige Kollegen und Klaus Wehrlich, unser Hausmeister. Er war ein wenig langsam im Kopf und redete auch so, manchmal machten sich Schüler über ihn lustig. Ich mochte ihn. Hin und wieder brachte ich ihm eine Flasche guten Whisky mit. Manchmal besuchte ich ihn in Freistunden oder in der Mittagspause in seiner Werkstatt auf einen Kaffee oder gegen Abend, wenn kaum noch jemand auf dem Schulgelände war, auf einen Schluck. Neben unserer Schwäche für edlen Scotch hatten wir zwei weitere Dinge gemeinsam: Wir waren beide alleinstehend und die einzigen Erwachsenen in diesem Schulbetrieb, die es nie eilig hatten.

Er nickte mir zu und machte eine Handbewegung,

als wolle er mich zu sich winken. Ich winkte zurück, um ihm zu bedeuten, dass ich gleich käme. Dann beobachtete ich Martins Assistentin Betty, wie sie mit zusammengekniffenen Augen auf den Toten sah, am Turm hochblickte, als würde sie ihn vermessen, dann wieder auf den Toten und plötzlich auf mich. Ich erschrak ein wenig.

»Wieso haben ausgerechnet Sie den Toten gefunden?«, fragte sie und sah mich durchdringend an. Jetzt begriff ich, was das Problem mit ihren Augen war. Sie schien nie zu blinzeln. Unheimlich.

Ich räusperte mich. »Ich wollte nach Lektüren für die Schüler sehen. Die werden da oben gelagert.«

»Aha. Haben Sie in dem Zimmer etwas angefasst?«

»Nun ja. Ich wusste ja erst nicht, dass es sich um einen Tatort …«

»Und was haben Sie angefasst?«, unterbrach sie mich, den Blick wieder nach oben gerichtet.

»Die Tür und das Fenster.«

Sie nickte und schwieg. Ich sah sie weiter an.

»Sind Sie so etwas wie ein Goth-Mädchen?«, fragte ich. »Gibt es das eigentlich noch?«

Nur weil ich so wirkte, als käme ich aus einer anderen Zeit, hieß das nicht, dass ich mich nicht für die Gegenwart interessierte. Ich las Zeitung und bekam durchaus mit, was vor sich ging. Ich schaute mir einfach vieles eher interessiert aus der Ferne an. Man musste ja nicht überall mitmachen. Ein Insektenforscher verwandelte sich schließlich auch nicht in ein Insekt.

Sie wandte den Blick vom Turm ab und richtete ihn auf mich. Es waren große, dunkle, kajalumrandete Augen.

»Und wie standen Sie zu dem Toten?«, fragte sie, meine Frage komplett ignorierend.

»Betty, lass mal«, sagte Martin.

Sie musterte meinen dunklen Anzug, die graue Weste und die Kette meiner Taschenuhr.

In diesen Augen könnte man ertrinken, dachte ich kurz, dann sagte sie: »Und Sie? Steampunk oder einfach nur Fatzke?«

Es geschah selten, dass mir keine Antwort einfiel. Berufskrankheit. Ein Lehrer lernt schnell, Wissenslücken zu überspielen, einfach irgendetwas zu schwadronieren, aber das Wort *Steampunk* war mir tatsächlich gänzlich unbekannt. Es klang auf verwirrende Weise interessant, selbst wenn es ein englisches Modewort zu sein schien. Ich würde das nachschlagen müssen.

Ich riss mich aus meinen Gedanken. Das mit dem Fatzke ignorierte ich.

»Ist in Ordnung«, griff ich den seriösen Faden des Gesprächs wieder auf, »lass nur, Martin. Menzel, also der Tote, und ich saßen am selben Tisch im Lehrerzimmer. Er ist, Verzeihung, er war verheiratet, keine Kinder. Seine Frau ist, soviel ich weiß, schwanger. Sie haben vor einiger Zeit ein Haus gekauft.«

Menzels Tod berührte mich weniger, als das vermutlich bei den meisten anderen Menschen in ähnlicher Situation der Fall gewesen wäre. Es handelte sich um eine Charaktereigenschaft – Rosa hätte es eine Störung genannt –, die dafür sorgte, dass ich grundsätzlich rational an die Dinge heranging, dass der Intellekt immer die Emotionen dominierte. Und je ungewöhnlicher eine Situation war, desto deutlicher wurde das und desto größer trat die Diskrepanz zu den Reaktionen der meisten anderen Menschen zutage.

Ich verspürte kein Entsetzen, keinen Schock, nichts in der Art. Wie immer bei Gelegenheiten, die bei den meisten starke Gefühle hervorriefen, spürte ich so gut wie nichts.

Betty zog ein Notizbuch heraus und kritzelte etwas hinein. Dann wandte sie sich abrupt ab und verschwand.

Der Notarzt hatte die Folie, mit der Michael Menzel bedeckt worden war, noch einmal beiseitegeschoben, und ich erhaschte einen letzten Blick auf den Toten. Wäre der Blutfleck neben seinem Kopf nicht gewesen, hätte man meinen können, er schliefe.

»Der liegt hier schon seit gestern Abend oder Nacht, genauer kann ich es noch nicht sagen«, sagte der Arzt zu Martin.

Zwei Sanitäter hievten Menzel hoch und verpackten ihn in einem Leichensack.

Ich sah nach oben und stellte mir vor, wie Menzel hinunterstürzte. Das waren sicher zehn Meter oder mehr.

Bettys Kopf erschien oben am Fenster.

Martin trat wieder neben mich. »Nun sag mal, kanntest du ihn gut?«

Ich machte eine vage Kopfbewegung. »So gut man jemanden von der Arbeit her kennen kann. Privat hatten wir nichts miteinander zu tun.«

Martin nickte. »Selbstmord?«

Ich schüttelte den Kopf. Das konnte ich mir nicht vorstellen. Andererseits: Alles andere war noch viel absurder.

»War er mit jemandem befreundet?«

Buschmann, dachte ich. Wenn mit jemandem, dann mit ihm.

Ich nannte Martin den Namen.

4.

Mir fiel wieder ein, dass der Hausmeister mir etwas hatte mitteilen wollen, doch als ich mich umsah, war er verschwunden. Ich würde ihn später suchen.

Vor dem Lehrerzimmer begegnete ich Lucy Leung, Schülerin in meinem Zwölfer-Deutschkurs, Stufensprecherin und Mitglied der Viererbande, wie ich sie nannte. Diese Gruppe von Schülern war mir über die Jahre ans Herz gewachsen, es hatte sich ein Vertrauensverhältnis entwickelt, das sehr untypisch war. Zumindest für mich.

»Herr Horvath, ich grüße Sie.«

Lucy war ein wandelnder Widerspruch. Sie war der einzige Mensch an der Schule, der dem nahekam, was man einmal Punk genannt hatte. Subkulturen waren ansonsten weitgehend ausgestorben, es gab nur noch Mainstream, die Jugendlichen sahen alle gleich aus, die Mädchen mit langen Haaren und Pferdeschwanz, die Jungs seitlich rasiert mit leicht gegeltem Seitenscheitel.

Lucys Stil war nicht ungepflegt, sondern unbedingt hochpreisig, das sah man sofort, und außerdem kombinierte sie ihn scheinbar wild mit allerhand anderen Genres, da gab es Nieten und Band-T-Shirts, aber auch Plateauschuhe und Uniformjacken, oft war sie stark geschminkt. Lucy war einer der intelligentesten jungen Menschen, mit denen ich je zu tun gehabt hatte, mindestens an der Schwelle zur Hochbegabung, vermutlich deutlich darüber hinaus. Ihr Vater war ein bedeutender Kunsthändler, der die meiste Zeit geschäftlich in aller Welt unterwegs war, ihre Mutter eine bekannte Psychologin, die selbst unter Depressionen litt, wie Lucy mir einmal erzählt hatte. Sie war belesen, von schneller Auffassungsgabe und in Geistes- wie Naturwissenschaften gleichermaßen begabt. Dazu verfügte sie über einen sehr eigenen skurrilen Humor. Sie war eher klein, mit asiatischen Gesichtszügen und wirkte als Gesamterscheinung durchaus einschüchternd auf die meisten Jungs an der Schule. Als besondere Note machte sie sich einen Spaß daraus, mit mir in einem altmodischen, gespreizten Deutsch zu parlieren. Sie sprach nur mit mir so, und ich war gerne bereit, da mitzuspielen.

»Welch ein Schock heute Morgen, nicht wahr?«, fragte sie und lächelte leicht.

»Das kann man wohl sagen, Frau Leung. Und wie passend zu unserem derzeitigen Thema.«

Es war ein geradezu bizarrer Zufall, dass ich zum Einstieg ins neue Schuljahr mit meinem Zwölfer-Kurs in Deutsch gerade die *Kriminalliteratur* behandelte. Ich hatte mir die Freiheit genommen, dieses Thema durchzunehmen, bevor wir uns den ministerial vorgeschriebenen Unterrichtsinhalten widmen mussten. Wir hatten uns mit soziologischen Erkenntnissen zur Verbrechensmotivation befasst, mit philosophischen Exkursen über das Böse, mit unterschiedlichen Auffassungen von Strafe seit dem Mittelalter, mit den Klassikern der Kriminalliteratur wie Poe und E.T.A. Hoffmann und mit den frühen *Whodunit*-Meisterwerken von Agatha Christie und Sir Arthur Conan Doyle. Hinzu kamen die amerikanischen Hardboiled-Helden Marlowe und Spade, bei denen man immer an Humphrey Bogart denken musste, bis hin zu einigen postmodernen Beispielen, in denen sich die Grenzen zwischen Gut und Böse unangenehm verwischten.

»Fürwahr. Eine fast gespenstische Koinzidenz, finden Sie nicht?«

Ich musste lachen, doch Lucy sah mich ernst, geradezu streng an. »Ich finde das ganz und gar nicht komisch, Herr Horvath.«

Ich bemühte mich, wieder ernst zu werden. »Natürlich, Sie haben völlig recht. Bis morgen dann.«

Sie ging ihrer Wege, und ich betrat das Lehrerzimmer.

Im Kollegium hatte die Nachricht, wer der Tote war, längst die Runde gemacht. Die Lehrkräfte saßen und standen beieinander und sprachen mit gedämpften Stimmen. Einige Kolleginnen weinten und wurden von anderen getröstet, manche saßen mit starrem Blick an ihren Plätzen. Ich selbst empfand, wenn überhaupt etwas, dann eine geradezu morbide Faszination. Mein bekanntes Problem. Gewöhnlich sah ich es durchaus als Vorteil an, emotional eher ausgeglichen zu sein. Gefühle machten mir eher Angst, vor allem, wenn sie das gesunde Maß verließen. Ich konnte ausgelassene Freude genauso wenig nachvollziehen wie Hysterie oder übergroßen Zorn. Rosa hatte es jedoch erst cool, dann gefühlskalt genannt – und am Ende monströs.

Es klingelte zur großen Pause, und Dr. Kroll, der Schulleiter, betrat den Raum.

»Kollegen«, sagte er mit gepresster Stimme. »Sie haben mitbekommen, dass unser lieber Kollege Michael Menzel heute Morgen tot aufgefunden wurde. Sie haben mit diesem Wissen bereits neugierige, verstörte und verunsicherte Schüler betreut. Ich danke Ihnen dafür. Ich möchte jetzt die Klassenlehrer bitten, in ihre Klassen zu gehen, um die Schüler offiziell zu informieren. Lassen Sie sich von Kollegen begleiten, die die Klassen kennen, aber keine Klassenlehrer sind. Die Oberstufe darf nach Hause gehen. Bitte bleiben Sie bei den Kleineren und betreuen Sie sie. Greifen Sie hierzu auf unseren Trauerordner zurück. Um 11 Uhr 20 beenden wir heute den Schultag. Wir treffen uns dann noch einmal hier. Ich danke Ihnen.«

Kroll räusperte sich und wendete sich Dr. Nestroy zu, der grauen Eminenz hier an der Schule. Er hatte kein offizielles Amt inne, sein Wort aber hatte Gewicht. In Konferenzen sah man bei strittigen Fragen nicht selten Kollegen in seine Richtung schielen, um seine Stimmung auszuloten, seine Mimik zu deuten, und häufig ertappte auch ich mich bei Entscheidungskonflikten dabei, dass ich mich fragte, wie wohl Dr. Nestroy dazu stehe.

Nestroy setzte sich in Bewegung und steuerte auf mich zu. Das geschah eigentlich nie. Er kam nicht zu einem, man kam zu ihm.

Er legte mir die Hand auf die Schulter. »Gute Idee mit dem Trauerordner, danke.«

Ich fühlte mich geschmeichelt. Vor einigen Jahren, nach dem tödlichen Verkehrsunfall einer Schülerin, hatte ich, bestürzt über die allgemeine Plan- und Sprachlosigkeit, angeregt, die Kollegen etwas besser mit Strategien im Umgang mit trauernden und verstörten Klassen in solchen Situationen auszustatten. Zusammen mit den Religionskollegen sammelten wir Gedanken, Gebete, Aktivitäten und Gesprächstipps für alle Altersstufen, derer man sich nun bedienen konnte.

Ich ging zu meinem Platz zurück, wo Buschmann in seine Kaffeetasse starrte.

Beim Anblick der Tasse fiel mir eine Anekdote aus unserer Anfangszeit am Schumann ein. Buschmann hatte die Tasse während seines Studiums von einer Australienreise mitgebracht und in seinem ersten Jahr hier an der Schule als seine persönliche Kaffeetasse deponiert. Sicherheitshalber hatte er mit einem Edding seinen Namen daraufgeschrieben. Die meisten Kollegen nahmen, wenn sie sich Kaffee holten, die erstbeste Tasse aus dem Schrank, und einmal hatte ein Referendar es gewagt, Buschmanns Tasse zu benutzen. In einer großen Pause hatte Buschmann den unglücklichen Referendar mit seiner Tasse in der Hand bemerkt, sie ihm entrissen und ihm vor versammeltem Kollegium den Kaffee über die Jacke geleert. Seither hütete man sich, Buschmanns Australientasse zu benutzen, und Referendare wurden vorgewarnt.

Er blickte kurz zu mir hoch, bleich und mit Ringen unter den Augen. »Fuck, was?«, murmelte er.

Ich nickte und setzte mich. »Ich hätte es etwas anders ausgedrückt, aber im Prinzip: ja.«

Wir starrten beide ins Leere.

»Ist der da wirklich runtergesprungen? Menzel? Selbstmord?«, fragte ich nach einer Weile.

Er sah mich entgeistert an. »Wer sagt denn so was?«

»Ja, was denn sonst?«, fragte ich.

Buschmann wurde noch bleicher. »Fuck!«

Ich räusperte mich.

Mein Bruder hatte mich gebeten, ihm Buschmann kurz vorzustellen.

»Kommst du bitte mal mit nach draußen?«

5.

Eine Stunde später saßen Martin, Buschmann, ich und der Arzt in Martins altem Mercedes auf dem Weg zu Menzels Frau. Martin hatte Buschmann gefragt, ob er Frau Menzel als Freund die traurige Nachricht überbringen wolle. Er fand, es sei vielleicht hilfreich, wenn kein fremder Kommissar ihr erster Ansprechpartner war, sondern ein Vertrauter. Buschmann hatte nach anfänglichem Zögern zugestimmt, allerdings unter der Bedingung, dass ich mitkäme, er *packe* das sonst nicht. Martin hatte zudem den Arzt mit ins Boot geholt, schließlich war Corinna Menzel schwanger.

»Herr Buschmann«, sagte Martin nun, »machen Sie sich bitte darauf gefasst, dass ich Frau Menzel gleich ein paar Fragen stellen werde.«

»Ich dachte, das wird nur in Fernsehkrimis so gemacht«, sagte ich.

»Tatsächlich ist es so, dass die meisten Morde Beziehungstaten sind, also ist die Ehefrau erst mal prinzipiell Verdächtige Nummer eins. Und hier ist das erste

Gespräch entscheidend. Man findet ziemlich schnell heraus, wie authentisch eine Reaktion ist. Da muss jemand schon verdammt gut schauspielern können. Sie und ich, Herr Buschmann, werden also gleich so eine Art Good-Cop-Bad-Cop-Nummer aufführen, ist das für Sie in Ordnung?«

Buschmann reagierte nicht, sondern starrte auf der Rückbank schweigend zum Fenster hinaus.

»Und bedenken Sie«, fügte Martin mit Blick in den Rückspiegel hinzu, »Frau Menzels Mann ist heute Nacht nicht nach Hause gekommen, sie wird also schon entsprechend besorgt und aufgebracht sein. Außerdem ist sie schwanger, da kommt einiges zusammen.«

Martin, dachte ich, war sicher ein guter Polizist, und er hatte seine Gründe, so vorzugehen, aber die Todesnachricht als verstecktes Verhör zu verwenden, dazu gehörte auch einiges an Abgebrühtheit. Martin war eigentlich immer der Emotionalere von uns beiden gewesen. Vielleicht wurde er mir mit den Jahren ähnlicher. Vielleicht hatte er auch einfach schon zu viel erlebt, um allzu viel Rücksicht zu nehmen.

Familie Menzel wohnte in einem frei stehenden Einfamilienhaus etwa aus den Siebzigerjahren in Littenweiler im Freiburger Osten, einem ebenso beliebten wie überteuerten Wohngebiet. Menzel hatte vor einiger Zeit einmal erzählt, dass er und seine Frau dieses

Haus gekauft hatten, aber an Details konnte ich mich nicht erinnern. Ich hatte vermutlich nicht richtig zugehört, das Thema langweilte mich.

Wir klingelten. Hinter der Tür erstarb ein Staubsauger. Dann öffnete Corinna Menzel die Tür. Wir kannten uns flüchtig, waren uns schon bei der einen oder anderen Schulveranstaltung über den Weg gelaufen. Ihr lockiges schwarzes Haar hatte sie in einer Art Dutt zusammengebunden. Mein Blick fiel auf ihre puscheligen Hausschuhe, darüber trug sie einen beigefarbenen Hausanzug aus Nicki-Stoff. Ich war überrascht, dass es das noch gab. Es erinnerte mich an meine Kindheit. Corinna Menzel sah übermüdet und abgespannt aus. Ihr Bauch war gerade so sichtbar, also schien die Schwangerschaft noch nicht ganz so weit fortgeschritten.

»Pascal«, sagte sie, ein kurzes überraschtes Lächeln flog über ihr Gesicht, als sie Buschmann sah. »Gregor?«, sagte sie noch, doch das klang schon eher wie eine Frage, und dann verschwand ihr Lächeln. »Was ist denn los?«

»Corinna«, sagte Buschmann, »dürfen wir kurz reinkommen? Das ist Oberkommissar Horvath. Und das ist, also, der Notarzt.«

»Schmidt«, sagte der Arzt.

»Oh, ja, also, bitte. Wisst ihr was von Michael? Er ist nicht nach Hause gekommen seit gestern Abend.«

Wir gingen ins Wohnzimmer. Die Wohnung war im typischen Stil von Leuten eingerichtet, die zwar ein wenig Geld, aber ansonsten wenig Gespür hatten und am Ende ihre Möbel gar bei Ikea kauften. Eine Einrichtung ohne individuelle Note. Kein Bücherregal, natürlich, Menzel war Naturwissenschaftler. Was sie machte, wusste ich nicht, wie mir in dem Moment auffiel. Ansonsten ein paar Dekorationsartikel, Duftkerzen, einige gerahmte Urlaubsfotos an der Wand, insgesamt praktisch, funktional und sauber. Und überaus langweilig.

»Setzen Sie sich doch bitte, Frau Menzel«, sagte Martin.

»Jetzt sagt mir endlich, was los ist, ich hab schon zweimal bei der Polizei und heute Morgen in der Schule angerufen. Die Sekretärin hat mich abgewimmelt, und die Polizei wollte heute jemanden vorbeischicken, ich weiß überhaupt nicht …«

»Corinna, also … Michael ist tot«, sagte Buschmann. Er sah furchtbar aus.

Corinna Menzel erstarrte. In ihrem Blick erlosch etwas. Sie begann leicht zu zittern, davon abgesehen, wirkten Körper und Gesicht wie eingefroren.

»Wo wollte er denn gestern Abend hin?«, fragte Martin.

»Was?«

Die Frage schien sie zurück in die Realität zu holen.

»An die Schule«, antwortete sie nach ein paar Sekunden. »Noch etwas vorbereiten und kopieren.«

»Um wie viel Uhr war das?«, fragte Martin.

»So kurz nach acht, glaube ich.«

»Kam das öfter vor, dass er abends noch an die Schule ist?«

Sie schüttelte abwesend den Kopf. »Nein, also, manchmal schon, wenn er zur ersten Stunde Unterricht hatte vielleicht. In letzter Zeit hat er das allerdings vermehrt gemacht. Meinte, es ist ihm morgens immer zu viel los im Kopierraum.«

Martins Fragen kamen ohne Zögern, Corinna Menzel antwortete wie in Trance. Ich vermutete, er wollte ihren Schockzustand ausnutzen, bevor sie zusammenbrach und bis auf Weiteres nicht mehr antworten konnte.

»War er mit jemandem verabredet?«, fragte Martin weiter.

»Was? Nein. Also, ich glaube nicht.« Sie blickte immer noch starr ins Leere.

»Haben Sie versucht, Ihren Mann zu erreichen?«

Corinna Menzel blickte ihn hilflos an. »Sein Handy war aus. Die ganze Zeit.«

Martin nickte und machte sich Notizen in ein kleines Büchlein. »Wann haben Sie die Polizei angerufen?«

Wieder schüttelte sie den Kopf. »Ich dachte mir erst

nichts dabei, dachte, vielleicht hat er einen Kollegen getroffen und ist noch was trinken gegangen. So um elf bin ich ins Bett. Gegen vier habe ich zum ersten Mal die Polizei gerufen. Dann wieder um sieben.«

Ich schob sie sanft Richtung Sofa. Buschmann setzte sich neben sie, rieb unbehaglich mit den Händen an der Hose und nahm sie dann in den Arm.

»Es tut mir schrecklich leid, Corinna. Wenn ich irgendetwas tun kann …«

Diese Worte schienen ihre Erstarrung zu lösen. Sie begann zu schluchzen und lehnte sich an Buschmann. Ihr Oberkörper blieb aber steif, als würde sie von etwas zurückgehalten.

Schließlich fragte sie: »Was ist passiert?«

»Michael ist aus einem Fenster gestürzt. In der Schule.«

Sie wurde erneut von einem Weinkrampf geschüttelt und stammelte: »Aber das ist doch, wieso, das …«

»Frau Menzel«, übernahm Martin wieder das Wort, »können Sie sich vorstellen, dass Ihr Mann sich da freiwillig hinuntergestürzt hat?«

Sie starrte ihn entgeistert an. »Wie bitte?«

»Nun«, Martin räusperte sich, »kommt Suizid infrage?«

Sie schüttelte heftig den Kopf. »Das, nein, ich … Nein. Wieso? Nein.«

»Litt Ihr Mann unter Depressionen?«, hakte er nach.

»War er wegen psychischer Probleme in Behandlung, gibt es da irgendetwas, was uns weiterhilft?«

Ich konnte nicht anders, als das Ganze fasziniert zu beobachten.

Corinna Menzel starrte von einem zum anderen. Der Arzt richtete sein Blutdruckmessgerät und hantierte an seiner Tasche herum.

»Also«, sagte Corinna schließlich, »ja, Michael war seit einiger Zeit bei einem Therapeuten.«

Martin nickte.

Ich horchte auf. Wer hätte das gedacht?

»Und wissen Sie, weshalb?«

»Erst ging er in eine Gruppensupervision, lauter Lehrer von verschiedenen Schulen, aber das half ihm nicht, daher hatte er seit ein paar Monaten Einzelsitzungen. Er …« Sie zitterte und sammelte sich dann wieder. Buschmann stand auf und holte ihr ein Glas Wasser, und ich ärgerte mich, das versäumt zu haben, ein unverzeihlicher Fauxpas, unhöflich und empathielos; aber ich kam aus der Rolle des Beobachters nicht hinaus, als säße ich im Theater, wo auf der Bühne gerade die Todesnachricht überbracht wurde – ein, wie ich gerade gelernt hatte, offenbar entscheidender Moment in jeder Kriminalermittlung. Und ich schien vergessen zu haben, dass ich in dem Stück mitspielte.

»Er litt zusehends unter seinem Beruf«, sagte Corinna Menzel. »Den Schülern. Ihrem Desinteresse.

Den Eltern, ihren Ansprüchen. Ich meine, er war gerne Lehrer. Liebte seine Fächer. Aber es ging ihm nicht gut in letzter Zeit.«

Buschmann und ich sahen uns fragend an.

»Es gab Ärger. Mit Eltern. Wegen Noten …« Ihre Stimme brach und ging in ein Schluchzen über.

Ich hatte nichts davon mitbekommen. Menzel hatte auf mich selbstbewusst gewirkt wie immer. Auch Buschmann schien überrascht.

»Können Sie uns Namen von Eltern nennen? Oder Schülern, um die es dabei ging?«, fragte Martin.

Sie schüttelte den Kopf.

Martin schwieg.

Sie starrte in die Ecke des Zimmers.

Plötzlich sagte sie, ohne den Blick abzuwenden: »Vor zwei Jahren, als wir dieses Haus gekauft haben, gab es eine Familie, die auch an dem Haus interessiert war. Zwei Kinder. Sie hatten schon die mündliche Zusage des Besitzers. Wir haben unser Angebot erhöht und den Zuschlag bekommen. Wir wollten das Haus unbedingt. Es ist so schwer, hier in der Gegend ein frei stehendes Haus zu bekommen.«

Buschmann nickte. Jeder in unserem Alter wusste um die teuren Miet- und Immobilienpreise, zumal sich so gut wie jeder verbeamtete Lehrer dieselben Gedanken machte. Mieten oder kaufen? Prinzipiell bekam man in unserer Situation von jeder Bank problemlos

Kredite. Das Problem war, dass die Preise in den letzten Jahren derart explodiert waren, dass selbst zwei normale Einkommen nicht mehr reichten. Mich selbst betraf das nicht. Ich hatte kein Interesse an einem Eigenheim.

»Nachdem wir eingezogen waren«, fuhr sie fort, »stand irgendwann der Mann vor unserer Haustür. Völlig außer sich. Hat uns beschimpft und bedroht. Vielleicht war er betrunken.«

»Und dann?«, fragte Martin.

»Wir waren eine Weile besorgt, aber es kam nichts mehr. Irgendwann haben wir das vergessen. Oder zumindest so getan. Mich hat das immer beschäftigt. Ich hatte niemals zuvor solche Augen gesehen. So …«, sie suchte nach Worten, »als wäre er zu allem bereit. Das fiel mir gerade wieder ein.«

»Können Sie mir den Namen des Mannes nennen?«

Sie schüttelte den Kopf. »Vielleicht kann ich ihn herausfinden.«

Martin stand auf. »Wie heißt der Vorbesitzer des Hauses?«

Sie nannte uns den Namen.

»Gut, darum kümmern wir uns, danke.« Martin streckte ihr die Hand hin. »Dann will ich Sie nicht länger behelligen. Wollen Sie alleine sein, oder soll Herr Buschmann noch bei Ihnen bleiben?«

Sie schüttelte den Kopf. Recht heftig, wie ich fand.

»Ich würde gerne noch Ihren Blutdruck messen«, sagte der Notarzt, »und Ihnen etwas zur Beruhigung dalassen. Für alle Fälle.«

»Gibt es jemanden, den Sie anrufen können?«, fragte mein Bruder.

»Meine Schwester vielleicht. Die wohnt nicht weit.«

Buschmann und ich erhoben uns ebenfalls und nahmen Corinna Menzel nacheinander in den Arm.

Martin bat den Notarzt, bei Corinna zu bleiben, bis geklärt war, dass ihre Schwester sich um sie kümmern konnte. Falls nicht, sollte er einen Polizeipsychologen anfordern.

Er wandte er sich noch einmal an Corinna. »Frau Menzel, gestatten Sie eine letzte Frage: Wie würden Sie die Beziehung zu Ihrem Mann beschreiben?«

Sie sah ihn an. Die Sekunden verstrichen.

»Gut«, antwortete sie leise.

6.

Ich nahm einen der wenigen Busse, die trotz des Streiks fuhren, und stieg in der Stadtmitte aus. Es war ein feucht-nebliger Herbstnachmittag, und die Stadt verströmte eine schwere Düsternis, die zu meiner Stimmung passte. Ich wollte noch nicht nach Hause und ging daher zum Harmonie-Kino, wo ich erfreut feststellte, dass in wenigen Minuten ein Film begann, den ich schon länger hatte sehen wollen: die Neuverfilmung von *Mord im Orientexpress*. In meiner Jugend hatte ich Agatha Christies Hercule-Poirot-Romane verschlungen, kannte natürlich meinen Peter Ustinov und war gespannt, was der britische Shakespeare-Experte Kenneth Branagh daraus machen würde. Der Film würde mich von den Ereignissen des Tages ablenken.

Die imposante Berglandschaft, durch die der Zug sich qualmend quälte, die kluge Idee, alle Verdächtigen an einem Ort versammelt zu wissen, von dem sie sich wegen der lawinenbedingten Entgleisung des Zuges nicht entfernen konnten, und natürlich der großartige

Hercule Poirot, der versuchte, die Wahrheit gegen alle Widerstände herauszufinden, faszinierten mich über die Maßen.

»Ich sehe die Welt, wie sie sein sollte«, sagte der Detektiv an einer Stelle. »Und wenn sie nicht so ist, dann sticht die Unvollkommenheit hervor wie die Nase inmitten eines Gesichts.«

Das gefiel mir.

Während ich Poirot dabei zusah, wie er Stück für Stück das Rätsel im Orientexpress löste, musste ich an eine Situation vor vielen Jahren denken. Als wir noch Kinder waren, hatte Martin mich stets körperlich herausgefordert: Wer konnte schneller mit dem Rad die steile Straße hinunterfahren oder weiter hinausschwimmen? Er gewann immer. Es wäre gelogen zu behaupten, es hätte mir nichts ausgemacht. Aber ich hatte die besseren Schulnoten, las mehr und begann mir einzureden, ich sei der Schlauere.

Eines Tages, wir waren vielleicht vierzehn, stellte uns unser Vater beim Abendessen ein Rätsel. »Stellt euch einen Raum vor«, sagte er. »Dort hängt ein Mann tot von der Decke. Die Decke ist so hoch, dass man sie nicht vom Boden aus erreichen kann. Der Raum ist von innen verschlossen, und die Fenster sind so klein und so hoch gelegen, dass niemand durch sie hereinkonnte. Unterhalb des Toten findet sich kein Gegenstand, der ihm als Hocker gedient haben könnte. Nur ein nasser Fleck ist unter ihm sichtbar. Was ist hier passiert? Es gibt eine einzige Lösung. Morgen Abend möchte ich eure Ideen hören.«

Den ganzen Abend und den nächsten Tag konnte ich an nichts anderes denken. Ich wollte dieses Rätsel lösen. Wenn ich Martin auf diesem Gebiet nicht schlagen konnte, wo dann? Das war meine Stärke. Rationales Denken gepaart mit Kreativität, beides nichts, womit Martin sich bisher hervorgetan hätte.

Wie konnte der Mann an die Decke gekommen sein? Hatte er sich selbst erhängt oder wurde er dahin gehängt? Was hatte es mit der Pfütze am Boden auf sich? Nach einer unruhigen Nacht, in der ich immer wieder aufschreckte, konnte ich mich am nächsten Tag in der Schule auf nichts anderes konzentrieren. Ich grübelte und spürte, wie sich mit fortschreitender Zeit mein Gehirn immer mehr verkrampfte. Die Zeit lief, und ich kam der Lösung keinen Schritt näher. Die letzten Stunden bis zum Abendessen lag ich apathisch auf meinem Bett, unfähig, klar zu denken, mich in mein Schicksal ergebend, hoffend, dass Martin auch keine Idee haben würde.

»Und, was habt ihr euch überlegt?«, fragte unser Vater, und er sah mich erwartungsvoll an, überzeugt, dass ich es wäre, der die Lösung parat haben würde. Vielleicht, überlegte ich mir später, war das ganze Rätsel sein Versuch, mein Selbstbewusstsein aufzurichten, mir eine Gelegenheit zu geben, mich Martin gegenüber zu beweisen.

Ich mied seinen Blick und starrte auf meinen Teller.

»Klarer Fall«, sagte Martin heiter, »der Mann hat als Hocker einen Eisblock benutzt, von dem er gesprungen und der dann unter ihm aufgetaut ist.«

Martin biss seelenruhig in sein Brot. In mir stiegen Zorn und Scham auf, ich sprang auf und rannte in mein Zimmer, ehe mein Vater die Richtigkeit von Martins Theorie bestätigen konnte. Ich wusste, dass sie stimmte. Es war so einleuchtend. Wieso war ich nicht darauf gekommen? Und das Schlimmste war: Ich war mir sicher, dass Martin nicht allzu lange gegrübelt hatte, wahrscheinlich war ihm die Idee beim Zähneputzen gekommen oder nachmittags auf dem Fußballplatz, denn natürlich hatte er, im Gegensatz zu mir, keinen Gedanken darauf verschwendet, wegen dieses Rätsels seinen gewohnten Tagesablauf zu ändern.

Irgendwo tief in mir hatte ich seit jenem Tag das Gefühl, noch eine Rechnung mit Martin offen zu haben.

Zu Hause in meiner Vier-Zimmer-Altbauwohnung in der Brombergstraße öffnete ich eine Flasche Rotwein. Auf meinem Schreibtisch stapelten sich zwar Unmengen von zu korrigierenden Klassenarbeiten, ich konnte mich jedoch beim besten Willen nicht mehr dazu durchringen. Nachdem wir Corinna Menzels

Haus verlassen und Buschmann sich verabschiedet hatte, wollte ich noch wissen, was Martin über Menzels Tod dachte. Er grinste mich an und fragte, ob mir klar sei, dass ich ein potenzieller Verdächtiger sei. Dann erzählte er aber doch so einiges.

»Ziemlich sicher Selbstmord. Kein Abschiedsbrief ist zwar seltsam, aber nicht völlig ungewöhnlich. Zumal mit der Beziehung zwischen ihm und seiner Frau etwas nicht stimmt.«

Der Gedanke, so abwegig er schien, hatte für mich etwas Beruhigendes. Wenigstens kein Mord. Wenigstens kein Mörder, der frei herumlief.

»Wir führen morgen trotzdem ein paar Routinebefragungen in der Schule durch«, fuhr Martin fort. »Schüler, Schulleiter, ein paar Kollegen, mal sehen, vielleicht ergeben sich noch ein paar neue Hinweise, aber momentan weist nichts darauf hin, dass da jemand anders involviert war.«

Ich hatte genickt. Man hatte wirklich so gar keine Ahnung, was in einem Menschen vorging.

Der Gedanke, dass es kein Selbstmord war, schien auch zu absurd. Denn wer sollte einen ganz normalen Mathelehrer töten? Zugegeben, außer dass er als strenger Hund galt, wusste ich nicht viel über ihn. Streitbar war er durchaus auch, meldete sich in Konferenzen gerne zu Wort, war Naturwissenschaftler mit Leib und Seele und kämpfte für seine Fächer.

Ich goss mir ein Glas Wein ein und legte eine Schallplatte auf.

Vor einigen Jahren hatte ich eine alte Dual-Stereoanlage mit Plattenspieler erworben. Hochwertig verarbeitet, liebevoll restauriert. Ich sah solche Geräte kaum noch, wenn ich fremde Wohnungen betrat. Man besaß heute Docking-Stationen für Smartphones. Was für ein Frevel. Man konnte doch Musik, wie ich sie liebte, Klassik im weitesten Sinne, alten Blues und Jazz, nicht mit dem Telefon hören. Wer kam auf eine solche Idee?

Und auch die wenigen neueren Künstler, die mir gefielen – Nick Cave, Tom Waits, Johnny Cash –, schrien nach Vinyl. Man machte sich doch auch nicht eine Dose Ravioli warm und aß das dann.

Dass mir zeitgenössische Musik nicht zusagte, war mir schon früh klar geworden, als mich mein Bruder mit den grässlichen Gruppen der Achtziger malträtierte, die auf ihren Synthesizern Musik simulierten. Schrecklich. Der Einzige seiner Helden, den ich hätte mit Namen nennen können, war Prince, den er nahezu abgöttisch verehrte und nach dessen Tod er tagelang getrauert hatte; bei den anderen Gruppen hatte ich mich schlicht geweigert, auch nur zu versuchen, mir die Namen zu merken.

Ich würde heute Abend ein wenig Nick Cave hören. *Murder Ballads*. Makaber angesichts der heutigen Ereignisse, aber irgendwas an diesem Fenstersturz ließ mich nicht mehr los. Außerdem verfügte die Platte über eines der faszinierendsten Cover aller Zeiten. Während ich der Musik lauschte, vertiefte ich mich gerne in dieses Bild mit dem Haus im Wald und stellte mir vor, wer dort wohl lebte.

Heute jedoch legte ich das Cover zur Seite.

Ich dachte über diesen seltsamen Tag nach. Und während der Sänger Elisa Day mit der Begründung *All beauty must die* mit einem Stein erschlug, spürte ich, wie mich die Ereignisse des Tages aufgewühlt hatten. Nicht so sehr in Form von Entsetzen oder Trauer. Es war, als wäre etwas in mir erwacht, das lange, vielleicht schon immer geschlafen hatte.

7.

Dienstag

Mit fünfzehn hatte ich mit körperlichen Beschwerden zu kämpfen gehabt, eine Folge aus Wachstum und meiner völligen Ablehnung von Sport aller Art. Ballspiele waren mir ein Gräuel, und auch für Ausdauerdisziplinen konnte ich mich nicht begeistern. Schweiß war mir grundsätzlich zuwider, vor allem mein eigener. Die Folge war, dass etliche meiner Muskeln ihrer Aufgabe nur unzureichend nachkommen konnten, was zu Haltungsproblemen und Schmerzen in Hüften und Knien führte, sodass man mir empfahl, mich unbedingt sportlich zu betätigen.

Das war eine Herausforderung, denn Schach galt für den zuständigen Arzt offenbar nicht als Sport, und so überredete mich Martin, der eigentlich Fußballer mit Leib und Seele war, dass ich mir eine Kampfsportschule ansah, wo er ein paar Leute kannte.

Wir besuchten gemeinsam eine Karatestunde, und diese Vollkontaktkampfsportart erschreckte mich über die Maßen. Ich wollte auf dem Absatz kehrtmachen, doch Martin rührte sich nicht, und er besaß sowohl das Mofa, mit dem wir wieder nach Hause kommen würden, als auch den Führerschein.

Also schlenderte ich durch das Gebäude und kam an einem Raum vorbei, wo ich durch eine Scheibe einen alterslos scheinenden Asiaten bei etwas beobachtete, das mich faszinierte.

Es waren auffällig langsame, geschmeidige und fließende Bewegungen, die er in aller Ruhe vollführte. Er schien in völligem Einklang mit seinem Körper und der Welt zu sein, ein Zustand, der mir bis dahin fremd gewesen war. Ohne mich bewusst dafür entschieden zu haben, öffnete ich leise die Tür, ich wollte ihn nicht stören, wollte aber gleichzeitig näher herantreten, um genauer sehen zu können, was er da machte. Obwohl er mir den Rücken zudrehte, sprach er mich nach einer Weile an, ohne mich anzusehen.

Auch wenn er ganz leise sprach, so ertönte seine Stimme doch so kräftig, als ob er direkt neben mir stünde. Er klang völlig entspannt, obwohl er sich fortwährend weiter bewegte.

Er erklärte mir, dass es sich bei Taijiquan oder Schattenboxen, was viele auch als Tai-Chi bezeichneten, um eine Bewegungslehre handelte, die der Persönlichkeitsentwicklung und Meditation diente. Anders als in vielen Kampfsportarten ging es weniger um Kraft als um Weichheit und Präzision. Je langsamer die Abläufe geübt wurden, desto präziser waren sie. Der philosophische Gedanke dabei, der mich auf Anhieb faszinierte, war die Harmonie zwischen innen und außen, wobei eben nicht eine ausschließliche Konzentration auf die Vorgänge im Körper des Übenden gefordert wurde, sondern sie sich gleichmäßig zwischen der Wahrnehmung der eigenen Bewegungen und der Umwelt aufteilen sollte.

Er forderte mich auf, seinen Bewegungen zu folgen. Ohne weiter darüber nachzudenken, stellte ich mich schräg hinter ihn und ahmte ihn nach. Ich weiß nicht, wie lange wir das taten, aber es fühlte sich vollkommen richtig an. Das war die Lösung. Mein Körper und mein Geist würden davon profitieren, und mein Arzt würde auch zufrieden sein. Win-win, wie schlichte Gemüter das später nennen sollten.

Nach unserer Übungseinheit stellte der Asiate sich mir als Meister Shixin vor und lud mich ein, künftig mit ihm zu trainieren.

Seither absolvierte ich jeden Abend, bevor ich ins Bett ging, eine bestimmte Abfolge an Übungen und jeden Morgen nach dem Aufstehen. Meister Shixin besuchte ich bis zu meinem Weggang nach dem Abitur jede Woche, oft trainierte ich mit ihm alleine, hin und wieder kamen auch Kurse mit mehreren Teilnehmern zustande, aber nie allzu lange.

Meine morgendliche Übung hallte noch in meinem Bewusstsein nach, während ich in der nasskalten Dunkelheit auf Buschmann wartete. Er hatte verschlafen, und als wir das Schulgelände endlich erreichten, waren es bloß noch zehn Minuten bis zum Unterrichtsbeginn. Auf dem Schulgelände herrschte beträchtlicher Verkehr. Immer mehr Eltern erwiesen sich als völlig resistent gegen die Bitten und Verbote der Schulleitung, was das Abliefern ihrer Kinder direkt vor dem Haupteingang anging. Eine Unart, die um sich griff wie eine Epidemie. Da die Autos immer größer und es immer mehr wurden, kam es regelmäßig zu brenzligen Situationen beim Ein- und Ausrangieren und Wenden, vor zwei Wochen war sogar zum ersten Mal ein Kollege mit dem Rad auf den Kühler genommen und zwei Meter durch die Luft geschleudert worden.

Ich schlängelte mich zwischen den Elterntaxis hindurch, als Tim Kress mir mit seinem Longboard entgegenkam, die langen Haare wie immer mit einer Mütze bedeckt. Tim war der einzige Junge auf unserer Schule, der keinen Kurzhaarschnitt hatte. Dazu trug er seinen Kapuzenpulli, die zerschlissene Jeans und die schwarz-weißen Chucks.

»Moin, Mister H«, rief er gut gelaunt. Er nannte mich immer *Mister H* und sprach das *H* tatsächlich korrekt *Eitsch* aus. Ich ließ ihm diesen Anglizismus durchgehen, weil ich ihn mochte. Er war auch Teil der

Viererbande. Ich mochte Schüler, die sich aus der Masse abhoben. Und Tim gehörte unbedingt dazu.

»Krasser Scheiß, das mit dem Menzel und so«, sagte Tim.

»Ja, das stimmt. Verstörend geradezu.«

»Verstörend«, sagte er, »gutes Wort, Mister H, das merk ich mir.«

Er fuhr davon und rief: »Bis gleich.«

Ich sah ihm nach. Er kam aus nicht ganz einfachen Familienverhältnissen, ein dauernd abwesender Vater, eine alleinerziehende Mutter mit zwei Arbeitsstellen, zwei kleinere Geschwister, die er tagsüber mitversorgen musste. Er las gerne Horrorliteratur und sah die entsprechenden Filme – und zwar weniger voyeuristisch als mit beeindruckendem, nahezu enzyklopädischem Interesse. Er kannte Regisseure, Autoren, Strömungen, Subgenres, zeitgeschichtliche Hintergründe. Meistens dämmerte er im Unterricht desinteressiert vor sich hin, aber in der Krimieinheit in Deutsch war er aufgewacht und hatte sich als scharfsinniger Analytiker entpuppt.

Außerdem war er eng mit Lucy Leung befreundet; man hatte den Eindruck, sie betrachtete ihn als eine Art kleinen Bruder, obwohl sie gleich alt waren und Tim größer war als sie. In der Unterstufe war er ein klassisches Mobbingopfer gewesen. Keine Markenkleider, lange Haare, dünn und schmächtig, aber er konnte sich wehren, das hatte er mehrfach bewiesen. Ich hatte ihn in der Unter- und Mittelstufe immer wieder im Unterricht gehabt und wiederholt massiv einschreiten müssen, wenn Kollegen Sanktionen forderten, nachdem er sich gegen Drangsalierer zur Wehr gesetzt hatte.

Auf dem Weg in die erste Stunde lief ich hinter einer Reihe Schülerinnen her. Alle trugen merkwürdig aussehende Jeans, die wie zwei Nummern zu eng wirkten. Dafür wurden die Jeans aus irgendeinem Grund sehr weit, bis über den Bauchnabel, hochgezogen, was zur Folge hatte, dass die Hosenbeine unten deutlich zu kurz wirkten. Darüber hinaus verfügten die Hosen über verschiedene Risse, eine Mode, die schon einmal in den späten Achtzigerjahren existiert hatte, wie ich mich schaudernd erinnerte. Es war damals schon ästhetisch grauenhaft gewesen, und in der Zwischenzeit hatte sich daran nichts geändert.

Ich erreichte die Tür des Kurszimmers und betrat den Raum.

»Guten Morgen, Damen und Herren«, begrüßte ich meinen Deutschkurs, einige murmelten mir einen unverständlichen Gruß entgegen, manche schwiegen ganz.

»Das probieren wir gleich noch mal, Sie wissen, die Form muss stimmen, sonst kann der Inhalt niemals überzeugen. Also, was sagen Sie, wenn ein Lehrer Ihnen einen guten Morgen wünscht?«

»Guten Morgen«, kam es nun etwas lauter zurück.

»Das will ich einmal gelten lassen«, sagte ich.

Ich hatte es mir zur Aufgabe gemacht, diese jungen Menschen nicht nur in den vorgeschriebenen Inhalten in den Fächern Deutsch und Geschichte zu unterweisen, mir ging es auch um ihre ästhetische Erziehung, und dazu gehörten nun einmal Fragen der Etikette.

Jemandem, der hinter einem ging, eine zufallende Tür aufzuhalten beispielsweise war eine Kulturtechnik, die mit dieser Generation dem Aussterben geweiht war. Man legte offenbar keinen Wert mehr darauf in der Erziehung, hatte andere Prioritäten. Bloß welche?

»Wie geht es Ihnen? Möchten Sie über den Vorfall gestern reden?«, fragte ich. Ich wollte nicht einfach so mit dem Unterricht fortfahren, vielleicht waren sie außerstande dazu.

»Wir wurden gestern schon seelsorgerisch betreut, Herr Horvath, danke, wir sind bereit für Ihren Unterricht.«

Das war Charlotte von Bülow, die Dritte im Viererbund, und sie lächelte mich auf die ihr eigene ironische Art an.

Ihr Vater war Nachkomme eines alten Adelsgeschlechts und lebte mit seinen beiden Kindern in einer riesigen Villa im Stadtteil Herdern. Eigentlich war er wohl Anwalt, aber wenn man über ihn in der Zeitung las, dann eher in seiner Eigenschaft als Kommunalpolitiker oder Kunstmäzen. Charlotte hatte einmal zugegeben, sie wisse auch nicht so recht, was ihr Vater eigentlich mache.

Charlotte war fast unwirklich mit Talenten gesegnet. Sie war hübsch, eine gute Schülerin und beliebt. Auch Stufensprecherin, sehr engagiert in der Schülervertretung und auch außerhalb der Schule interessiert.

»Sprechen Sie für sich oder für den ganzen Kurs, Frau von Bülow?«

»Für alle«, murmelte es zurück.

Ja, sie trugen Masken der Coolness, Fassaden der Souveränität, ließen sich nichts anmerken, wie es ihnen ging, was sie bewegte, aufwühlte, alles war *cool, gechillt* und *easy,* es *lief bei ihnen,* höchstens war mal etwas *krass,* aber auch nur kurz, grundlegend infrage gestellt wurde selten etwas. Es war der Triumph des Chillens.

»Was glauben *Sie* denn, wer es war?«, fragte eine Schülerin.

»Wer was war?«

»Na, wer Menzel zum Fenster hinausgestoßen hat?«

»Vielleicht war er es ja selbst?«, rief ein Schüler. »Hat es nicht mehr ausgehalten, dass sich niemand für Mathe interessiert hat!«

Einige lachten.

»So streng, wie der war«, rief jemand anderer, »fallen mir spontan ein paar Leute ein, die guten Grund gehabt hätten, ihn da runterzuwerfen.«

Ein paar von ihnen schauten zu einem besonders schlechten Schüler, Dennis Mölders, und grinsten, was der aber nicht bemerkte, weil er irgendetwas unter seinem Tisch zu hantieren hatte. Vermutlich spielte er mit seinem Handy.

Ich selbst kam nicht dazu, zu antworten, die Schüler verstiegen sich in alle möglichen Spekulationen, nach einer Weile kamen auch Zombies und Aliens ins Spiel, und das war für mich dann das Signal, die Diskussion zu beenden, denn mir war mittlerweile eine Idee gekommen. Eine Idee, wie man diesen Eifer kanalisieren könnte. Die Idee war heikel, aber auch genial, wie ich fand.

Ich mochte klassische Kriminalliteratur. Klug komponierte und raffinierte Rätsel, die ein scharfsinniger, analytischer Geist entgegen aller falsch gelegter Fährten durch Deduktion und Kombination löste, das war eine faszinierende Sache.

Ich würde versuchen, die Schüler in dieser Art präzisen Denkens zu unterweisen.

»Also gut, wenn Sie so erpicht auf solcherart Gedankenspiel sind, dann habe ich eine Aufgabe für Sie«, sagte ich. »Ich möchte, dass Sie zum Abschluss unserer Einheit eine stichhaltige Theorie präsentieren, wie Herr Menzel zu Tode kam.«

Ich sah in die Runde. Sie blickten mich neugierig an, einige wirkten regelrecht fasziniert.

»Ich möchte, dass Sie die Motivation des Täters benennen, darauf basierend, was Sie über Herrn Menzel wissen. Dazu müssen Sie ein Profil des Täters sowie des Opfers erstellen. Dann möchte ich, dass Sie Ihre Theorie sowohl soziologisch als auch mit einer Parallele aus der hier gelesenen oder sonstigen Kriminalliteratur unterfüttern.«

Ich sah in die Gesichter der Schüler. Die Reaktionen fielen fast ausschließlich positiv aus, wie ich gehofft hatte.

»Aber Herr Horvath.« Es war Tarik, der sich leise lächelnd zu Wort meldete. Der vierte Schüler im Bunde. Wie immer musste er sich zuerst die Haare, die ihm immer leicht über die Augen hingen, mit einer lässigen Bewegung zur Seite wischen. »Finden Sie das nicht etwas makaber?«

Tarik war seit der sechsten Klasse, als er mit seinen Künstlereltern – der Vater Schriftsteller, die Mutter Tänzerin – aus Rumänien hergezogen war, durchgehend mein Schüler gewesen. Zu Beginn hatte nicht viel darauf hingedeutet, was für ein interessanter junger Mensch hier heranwachsen würde. Er war klein, schmächtig gewesen und hatte nur schlecht Deutsch gesprochen. Wie Tim Kress hatte auch er es zu Beginn nicht leicht gehabt. Aber er war zäh, schlau und, sosehr ich dieses Wort ablehnte, aber hier gab es kein besseres: *cool*. Er strahlte eine Ruhe und Souveränität aus, als wüsste er Dinge, als hätte er Dinge gesehen, die weit darüber hinausgingen, was ein so junger Mensch wissen und sehen sollte. Es schien, als wohnte in seinem jungen Körper eine sehr alte Seele. Hier war ein Mensch, der über das verfügte, was man Charisma nennt. Manche wurden durch diese Ausstrahlung verunsichert, die meisten aber fühlten sich zu ihm hingezogen. Die Jungs bewunderten, die Mädchen verehrten ihn. Viele wollten mit ihm befreundet sein, wenige waren es.

Ich zuckte die Schultern. »Vielleicht ist das makaber, Herr Raceanu, andererseits handelt es sich um eine kompetenzbezogene Aufgabe mit hohem Realitätsbezug, also alles, was derzeit als guter Unterricht gilt, das müsste Ihnen gefallen, wo Sie doch immer so schnell mit Kritik an schlechtem Unterricht bei der Hand sind.«

Er nickte und lehnte sich zurück, offenbar zufrieden mit meiner Antwort. Auch wenn ich Schüler schon länger kannte, ab der elften Klasse siezte ich sie ausnahmslos, was sie verunsicherte, aber es ging nicht darum, was sie wollten.

»Diejenigen unter Ihnen mit Sozialphobie können alleine arbeiten.« Ich blickte kurz auf einen Schüler, Merlin Schwarz, auf den das zutraf. »Alle anderen bilden bitte Gruppen mit drei bis fünf Schülern. Konsultieren Sie sämtliche Unterlagen der letzten Wochen. Wenn es unbedingt sein muss, dürfen Sie auch dieses Internet befragen.«

Ich zeigte auf den Computer neben dem Lehrerpult. Einige kicherten angesichts meiner Abneigung gegen das Medium.

Eine Zeit lang hatte ich einen Traum gehabt, in dem ein junger Mark Zuckerberg mich ansprach und mich nach meiner Meinung zu dieser Plattform fragte, die er sich da ausgedacht hatte. Ich hörte mir seine Ausführungen an, was man da alles tun konnte auf dieser Seite, aller Welt mitteilen, wo man sich befand, was man getan hatte, wen oder was man mochte und was nicht, und dann sagte ich: »Aber wieso, lieber Mark Zuckerberg, sollten die Leute das tun?« So viel zu meiner Menschenkenntnis.

Wie Quecksilber fand die Viererbande – Tarik, Charlotte, Lucy und Tim – zusammen.

»Sie haben die heutige Doppelstunde und die nächsten beiden Nachmittage. Am Donnerstag möchte ich Ihre Ergebnisse.«

Dann begannen sie mit der Gruppenarbeit.

8.

Der Großteil der Schülerschaft war längst wieder zur Normalität übergegangen. Nur noch wenig war zu spüren von der bedrückten Stimmung des Vortags. Schüler schrien aus vollem Hals und scheinbar grundlos auf den Gängen herum, auch während der Unterrichtszeit, Referate konnten nicht gehalten werden, weil Drucker über Nacht kaputtgegangen waren. Schüler fielen aus allen Wolken, dass sie, wie jeden Tag, das Schulgebäude in der großen Pause verlassen mussten.

»Herr Horvath, schauen wir mal wieder einen Film?«, riefen mir Sechstklässler zu, denen ich kürzlich in einer Vertretungsstunde Ausschnitte aus Murnaus *Nosferatu* gezeigt hatte, um ihren Horizont zu erweitern und ihnen bewusst zu machen, dass es durchaus noch etwas anderes gab als animierte Filme mit sprechendem Gemüse oder solche mit traumatisierten jungen Männern mit Superkräften. Das Experiment als geglückt zu bezeichnen wäre wohl vermessen gewesen; die Schüler hatten mit einer Mischung aus

Belustigung und Unbehagen auf den in Schwarz-Weiß gedrehten Stummfilmklassiker reagiert, dazu hatte es zwei elterliche Beschwerdetelefonate gegeben.

»Eher nicht«, antwortete ich den Schülern, »ich bin schließlich kein Religionslehrer.« Ich eilte weiter und sah aus dem Augenwinkel, wie sie mir erst verdutzt nachschauten und dann zu grinsen begannen.

Unterdessen befragte die Kripo in Person von Martin und Betty ausgewählte Personen: die Schulleitung, verschiedene Kollegen, einige Schülerinnen und Schüler. Ich sah beide kurz auf dem Weg in ein Klassenzimmer, wir winkten uns von Weitem zu und sprachen nichts miteinander.

Ich unterrichtete lustlos und uninspiriert eine Doppelstunde Geschichte in meiner achten Klasse. Die Revolution von 1848/49. Ein paar Bauern, die ihr Leben gaben im Kampf für die Demokratie, nichts also, was die Schüler nachhaltig aus der Fassung brachte.

Eine Schülerin beteuerte mit großen Augen, sie habe ihre Hausaufgaben selbstverständlich gemacht, aber ihr Heft zu Hause auf dem Schreibtisch liegen lassen.

Ich sah sie gelangweilt an.

»Glauben Sie mir etwa nicht?«, fragte sie empört.

»Ich glaube dir alles«, sagte ich, »die Frage ist vielmehr, ob du dir selbst glaubst.«

Sie sah mich irritiert an.

»Und was heißt das jetzt?«

»Das entscheidest ganz allein du.«

»Krieg ich einen Strich?«

In mir machte sich bleierne Müdigkeit breit.

Und ich war durchaus gerne Lehrer. Ich war froh, einem Beruf nachgehen zu können, der nicht daraus bestand, Existenzen zu beschädigen, wie ein Waffenproduzent oder ein Investmentbanker. Ich war froh, nichts produzieren oder verkaufen zu müssen, an das ich nicht glaubte, nur weil der Markt es verlangte. Aber es konnte eine frustrierende Angelegenheit sein. Zumal man den Eindruck gewinnen konnte, die meisten Jugendlichen waren, sobald sich die pubertäre Orientierungslosigkeit gelegt hatte, ausschließlich am eigenen Erfolg interessiert – und zwar völlig unideologisch, pragmatisch und nüchtern. Zu den Themen Rassismus oder Klimawandel spulten sie die Antworten ab, die man ihnen antrainiert hatte, kontroverse Meinungen gab es so gut wie nie.

Vor Kurzem hatte ich eine Deutschstunde in meiner zehnten Klasse gehalten. Wir lasen Kafka-Kurzgeschichten und Parabeln. Und für einen Moment hatte ich das Gefühl, sie gepackt zu haben. Den Vorhang ein Stück zur Seite gezogen zu haben, sodass sie einen Blick in eine Realität jenseits von WhatsApp, Schule und YouTube-Videos erhaschen konnten. Und es fühlte sich gut an. Zumindest so lange, bis sie mich am Ende der Stunde fragten, ob das mit dem Sinn des Lebens, was wir heute besprochen hätten, auswendig gelernt werden müsse und in der nächsten Arbeit drankäme.

Auf dem Weg ins Lehrerzimmer in der zweiten großen Pause sah ich, wie Klaus Wehrlich, der Hausmeister, mit Werkzeugkasten und Leiter beladen in ein Klassenzimmer eilte.

»Klaus, du wolltest mich gestern sprechen?«

»Ja, aber jetzt geht es nicht. Ein paar Halbaffen haben die Lampe in ihrem Zimmer mit einem Fußball runtergeschossen. Muss schnell machen, sonst kann in dem Raum kein Unterricht mehr stattfinden, so duster, wie es ist.«

In der Tat war von der Sonne nichts zu sehen, dunkle Wolken hingen tief über dem Schulgelände. Durchaus symbolträchtig, dachte ich, angesichts des schrecklichen Ereignisses. Das wäre eine schöne Einstiegsfrage zum Thema »Symbol« in der Lyrikeinheit bei meinen Achtern, überlegte ich, das musste ich mir merken.

Im Lehrerzimmer sprach mich Dr. Nestroy an.

»Herr Horvath, auf ein Wort.«

Er verließ den Raum und ging zum Hinterausgang. Ich folgte ihm.

»Schreckliche Sache gestern, was?«, begann er und schlug den Weg in Richtung Wäldchen und Sportplatz ein.

»Ja.«

Er räusperte sich. »Nun, haben Sie heute Abend schon etwas vor?«

Das war in der Tat ein ungewöhnliches Anliegen.

»Dr. Nestroy«, sagte ich lächelnd, »ich fühle mich geschmeichelt, aber ich fürchte, das kann nichts werden mit uns beiden.«

Er blickte mich verständnislos an, dann verzog er den Mund zu einer Art Lächeln, das ihm nicht so recht gelingen wollte.

»Ein kleiner Scherz, verzeihen Sie«, sagte ich.

»Nun?« Er sah mich fragend an.

»Nein, ich habe keine Pläne für heute Abend.«

»Sehr gut. Dann möchte ich Sie einladen, heute Abend um 20 Uhr 30 an die Schule zu kommen. Es handelt sich um ein informelles Treffen.«

Ein informelles Treffen? Was sollte das bedeuten?

»Ich möchte Ihnen nicht zu viel verraten, kommen Sie doch an den Eingang des Turms.«

»In Ordnung«, sagte ich verwirrt.

»Ach ja, vielleicht könnten Sie es einrichten, mit niemandem darüber zu sprechen.«

Ich nickte.

Was sollte das alles?

9.

Den Mittag verbrachte ich an der Schule. Manchmal verabredete ich mich mit der Viererbande in der Schulcafeteria zum Mittagessen, aber das Essen dort war nur in Gesellschaft genießbar, und so bevorzugte ich zumeist, so auch heute, den nahe gelegenen Italiener, der einen passablen Mittagstisch anbot.

An die Schule zurückgekehrt, warteten die üblichen Korrekturen, Unterrichtsvorbereitung und zwei Elterntelefonate auf mich.

Der erste Vater, den ich nun auf seinen Wunsch zurückrief, glaubte mir mitteilen zu müssen, dass eine von mir verhängte Strafarbeit vom Vormittag pädagogisch sinnlos sei und er seinem Sohn quasi verboten habe, sie anzufertigen.

»Soso, pädagogisch sinnlos«, sagte ich, »was genau meinen Sie damit?«

»Na, eine Seite aus dem Geschichtsbuch abschreiben, was soll denn das bringen? Wir sind doch nicht im neunzehnten Jahrhundert«, polterte er.

Leider nicht, dachte ich.

»Aber es war immerhin eine Seite über die Badische Revolution«, versuchte ich einen Scherz.

»Na und?«

»Na, im Unterricht hat er davon heute nicht viel mitbekommen, weil er zu sehr abgelenkt war. Durch sich selbst, wohlgemerkt. Vielleicht lernt er auf diese Weise noch etwas.«

»Nun werden Sie mal nicht unverschämt, mein Sohn hat mir etwas ganz anderes erzählt. Er hält die Strafarbeit für völlig ungerechtfertigt. Und ich sage Ihnen, geben Sie ihm lieber eine sinnvolle Aufgabe, mit der er die verpassten Inhalte nacharbeiten kann.«

Vermutlich Akademiker, dachte ich und tippte auf Hochschuldozent. Möglicherweise auch Anwalt. Das waren die Schlimmsten. Neben Lehrervätern. Außerdem hinkte seine Argumentation, ungerechtfertigt war schließlich etwas anderes als sinnlos. Ich beschloss, ihn nicht zu korrigieren.

»Ich soll ihn also belohnen dafür, dass er meinen Unterricht gestört hat?«, fragte ich.

»Hat er das denn?«

»Glauben Sie, mir ist so langweilig, dass ich Ihren Sohn grundlos bestrafe, weil ich sonst nichts zu tun habe?«

»Das ist mir egal, ich wende mich an die Schulleitung.«

»Wenn Sie glauben, dass Ihr Sohn dadurch etwas

fürs Leben lernt, tun Sie das. Und wenn Sie meinen, dass Sie damit etwas für seine Selbstständigkeit tun und dafür, dass er lernt, für sich selbst einzustehen, ein Rückgrat zu entwickeln, statt ein opportunistischer Duckmäuser zu werden, dem sein Papa, immer wenn es brenzlig wird, aus der Patsche hilft, und der prinzipiell die Schuld bei anderen sucht – dann tun Sie das.«

»Sie hören von mir«, sagte der Mann und legte grußlos auf.

Ich war mir nicht sicher, wie die Sache weitergehen würde. Wandte sich der Vater wirklich an die Schulleitung, war mit allem zu rechnen, denn Dr. Kroll neigte durchaus dazu, vor allzu vehement auftretenden Eltern einzuknicken, schließlich ging es ja auch immer um Anmeldezahlen, den Ruf der Schule, Klassengrößen, letztlich Deputate, also Arbeitsplätze. Dafür konnte man schon einmal den einen oder anderen Kollegen den Eltern zum Fraß vorwerfen.

Beim zweiten Rückruf meldete sich die Mutter einer Schülerin aus meinem Zwölfer-Deutschkurs. Das war ungewöhnlich, normalerweise kam es zu diesem Zeitpunkt der Schullaufbahn nicht mehr zu Elterngesprächen.

»Herr Horvath, ich möchte mit Ihnen über die Aufgabe sprechen, die Sie den Schülern heute gestellt haben. Es geht um den Tod von Herrn Menzel.«

»Ja?«, sagte ich vorsichtig.

»Finden Sie es nicht unangemessen, den Tod eines Kollegen für Ihren Unterricht zu instrumentalisieren? Die Kinder stehen schließlich unter Schock. Und außerdem ist das pietätlos und, um es direkt zu sagen, einfach völlig daneben.«

Ich holte Luft. Da war es wieder. Das altbekannte Problem. Nur weil ich selbst emotional nicht zu Extremen neigte, hatte ich manchmal Schwierigkeiten zu erkennen, dass viele Menschen völlig anders gestrickt waren. Die Erfahrung hatte mich gelehrt: Es brachte nichts, wenn ich auf meiner Sicht beharrte. Ich hatte mir angewöhnt, mich in dieser Hinsicht als Sonderling und die anderen als normal zu betrachten. Ich musste daran denken, wie Martin während jedem Elfmeterschießen bei Fußballweltmeisterschaften den Raum verlassen musste, um danach tagelang zu trauern oder zu feiern, je nachdem. Wie unser Vater 1986 wegen der Tschernobyl-Katastrophe tagelang völlig außer sich war und ich nur dachte, es würde schon irgendwie weitergehen. Oder wie ich ratlos einer aufgelösten Rosa gegenübersaß, nachdem ihr in der Redaktion gekündigt worden war. Ich wusste einfach nicht, wie ich mich verhalten sollte. Emotionen anderer machten mich beklommen. Was sollte ich sagen? Was konnte ich daran ändern?

»Gut«, sagte ich daher zu der Mutter, »das war ein Fehler. Ich werde es den Schülern umgehend mitteilen.«

Damit war sie beruhigt.

Ich legte auf und setzte mich an einen der Computer im Lehrerarbeitsraum. Auch wenn ich so wenig Zeit wie möglich im Internet zubrachte, hin und wieder ging es nicht anders. Ich gab das Wort *Steampunk* in die Suchmaschine ein. Was ich sah, gefiel mir. Einerseits. Andererseits dachte ich, wie seltsam es war, dass man offenbar kaum etwas tun konnte, um einen eigenen Stil zu entwickeln, ohne dass nicht genau das in irgendeiner Großstadt schon wieder ein Trend war. Vielleicht sollte man sich einen Müllsack umbinden. Damit wäre man wohl wirklich alleine. Obwohl …

10.

Kurz vor halb neun abends stand ich unten vor dem Turm. Im obersten Stockwerk brannte ein flackerndes Licht. Wer konnte sich da oben aufhalten? Das Turmzimmer war doch sicher gesperrt. Kein Mensch war zu sehen.

Ich musste nicht lange warten, da öffnete Dr. Nestroy die Tür zum Turm von innen. Ich hatte kein Licht im Treppenhaus gesehen, er musste sich im Dunkeln bewegt haben.

»Herr Horvath.« Er gab mir die Hand.

Er trug auch heute Abend seine übliche Breitcordhose mit dem Tweedjackett, das ihm das Aussehen eines englischen Landhausbesitzers bei der Begehung seiner Latifundien gab.

»Folgen Sie mir doch«, sagte er, und wir stiegen schweigend das dunkle Treppenhaus empor bis ganz nach oben. Zum Turmzimmer.

Was ging hier vor sich? Mir wurde ein wenig mulmig. Vielleicht hätte ich jemandem Bescheid sagen sollen, wo ich war. Bloß wem?

Bevor wir vor der geschlossenen Tür des Turmzimmers ankamen, hielt Nestroy kurz an.

»Sie sind heute auf meine persönliche Einladung und Empfehlung hier. Ich mag Ihren Stil. Ich denke, Sie sind jemand, der gut zu uns passt.«

Ich nickte, vollkommen im Unklaren, was er mir sagen wollte. Gut zu wem passt?

Hinter der Tür hörte ich Stimmen. Ein offenbar recht emotionaler Wortwechsel zwischen zwei Männern.

Ich wunderte mich mehr und mehr, dass das Treffen hier stattfinden konnte, das Turmzimmer war immerhin ein Tatort! Ich konnte nirgends entsprechende Anzeichen wie Absperrbänder oder entfernte Siegel entdecken.

Nestroy klopfte an die Tür, und die Stimmen verstummten.

Was immer das für eine Art Veranstaltung war, die hier stattfand, sie hatte deutlich vor halb neun begonnen. In der Mitte des Raumes waren die Tische, die sonst an der Wand standen, zu einer Art Tafel aufgebaut, auf denen brennende Kerzen sowie Gläser und Flaschen mit Wein und Wasser standen.

Offenes Feuer bei den Brandschutzbestimmungen, dachte ich. In mancher Konferenz hatte man manchmal das Gefühl, es gab gar kein anderes Thema mehr als Brandschutz. Millionen von Euro wurden für

Fluchtwege und andere Maßnahmen ausgegeben, und hier brannten Kerzen. Interessant.

Die Menschen am Tisch erhoben sich, als wir den Raum betraten. Dr. Nestroy ging mit mir zum Kopfende der Tafel beim Kamin. Dort stand ein Mann, den ich sofort erkannte, obwohl ich mit ihm selbst noch nie zu tun gehabt hatte: Nikolaus von Bülow, Charlottes Vater.

Er trug Anzug mit Krawatte, eine Brille, das Haar war ein wenig zu lang für einen Mann seines Alters, was ihm das Aussehen eines Dirigenten oder Theaterintendanten verlieh.

»Herr Horvath«, rief er und streckte die Arme aus, »treten Sie näher. Wir freuen uns, dass Sie hier sind.«

Ich gab ihm die Hand, die er beidhändig und offenbar ehrlich erfreut ergriff. Er reichte mir ein Glas Wein, nahm das seine und prostete mir zu.

»Gesellschaft, erheben Sie bitte Ihre Gläser zu Ehren unseres Gastes, Herrn Gregor Horvath.«

Man tat wie geheißen, und alle tranken. Es war ein guter Rotwein. Ich ließ ihn mir auf der Zunge zergehen.

»89er Chateau Le Pin«, sagte Bülow, als er mein Gesicht sah. »Ich sehe, Sie wissen einen guten Wein zu schätzen.«

»In der Tat.« Ich lächelte ihm zu. Dann blickte ich mich im Raum um.

Die meisten Anwesenden waren älter als fünfzig, es

gab aber auch einige deutlich jüngere. Alle waren dezent feierlich gekleidet. Nach und nach machte ich einige bekannte Gesichter aus: drei Kollegen waren darunter: Herr Schill, Biologie und Religion, Herr Matthäus, Englisch und Französisch. Dr. Werner, Mathe und Physik, dazu Dr. Nestroy, Latein und Altgriechisch. Und nun ich, Deutsch und Geschichte. Alle wichtigen Fächer vertreten, außer den Orchideen, wie mir rasch auffiel. Ich sah einige Eltern, die mir mehr oder weniger bekannt vorkamen. Und auch ein paar ehemalige Schüler waren darunter, allerdings hatten sie alle schon vor etlichen Jahren ihren Abschluss gemacht. Manche der mir bekannten Gesichter nickten mir freundlich zu. Es waren ausschließlich Männer anwesend. Was auch immer das bedeutete, es wirkte diffus alarmierend auf mich.

Die Anwesenden begannen wieder leise miteinander zu sprechen. Von Bülow und Nestroy beugten sich von beiden Seiten zu mir herüber.

»Sie haben schon einmal vom *Sodalicium* gehört?«

Ich musste ehrlich verneinen.

»Gut«, sagte von Bülow. »So soll es sein.« Er trank einen Schluck Wein. »Die Anfänge dieser Gemeinschaft gehen weit zurück ins frühe zwanzigste Jahrhundert. Ins Kaiserreich.«

Ich nickte. Das klang interessant.

»Die Idee der Gründerväter war es, die Schule, Lehrer und Schüler gegen allzu unsinnige Eingriffe von außen zu bewahren. Man verschrieb sich der humanistischen und ästhetischen Bildung. Wertvorstellungen, die in der deutschen Geschichte immer wieder mit Füßen getreten wurden, wie Sie als Historiker nur allzu gut wissen dürften. Im Ersten Weltkrieg wurden Lehrer und Schüler durch die Gesellschaft vor der Einberufung bewahrt. Im Zweiten Weltkrieg hat das *Sodalicium* jüdische Kollegen und Schüler versteckt oder ihnen die Flucht ermöglicht.«

Das klang ja fast zu schön, um wahr zu sein, dachte ich, außerdem kam es mir seltsam vor, dass ich davon noch nie etwas gehört hatte. Ich wartete gespannt auf von Bülows weitere Ausführungen.

»Die Gesellschaft setzt sich immer aus fünfzehn Mitgliedern zusammen. Fünf Lehrer, fünf Eltern, fünf ehemalige Schüler, Alumni also. Man kann auch gleichzeitig Elternteil und Alumnus sein, das ist zum Beispiel bei mir der Fall. Einer von uns wird mehrheitlich in geheimer Abstimmung zum Präsidenten gewählt. In aller Regel ist man Mitglied auf Lebenszeit. So wie im amerikanischen Supreme Court«, fügte er noch hinzu und lächelte leicht.

»Und was ist die Funktion der Gesellschaft heute?«, fragte ich.

»Eine berechtigte Frage, Herr Horvath«, sagte von Bülow und sah Nestroy an. »Willst du, Magnus?«

Nestroy beugte sich noch weiter zu mir herüber.

»Nun, nach wie vor kümmern wir uns um das Wohl der Schule und der Schülerinnen und Schüler. Unsere Aufgabe ist es, quasi als Unterfraktion des offiziellen Fördervereins, den Sie ja kennen, talentierte Schüler zu fördern – und zwar darüber hinaus, was schwarz auf weiß im Zeugnis steht. Gerade wir Kollegen kennen die Schüler ja besser, als diese nackte Zahl am Ende der Schullaufbahn aussagt. Daher können wir Schüler vorschlagen, die wir einer besonderen Unterstützung nach dem Abitur für würdig befinden. Das können beispielsweise Stipendien sein. Wir haben Kontakte zu Eliteuniversitäten in aller Herren Länder.«

»Ehemalige Schüler dieser Schule«, übernahm von Bülow wieder das Wort, »sitzen in allen möglichen wichtigen Bereichen unserer Gesellschaft. Wirtschaft, Politik, Justiz, Kirche. Unser Arm reicht weit.«

Seit fünfzehn Jahren war ich an dieser Schule, und nicht im Entferntesten hatte ich von der Existenz dieser Gruppierung geahnt, die hinter den Kulissen tätig war und der sogar Kollegen angehörten. Es war faszinierend und irritierend gleichermaßen.

Von Bülows Handy, das vor ihm auf dem Tisch lag, leuchtete auf. Er schaute kurz darauf, nickte und legte es wieder hin.

»Damit an dieser Schule«, fuhr von Bülow an mich gewandt fort, »möglichst gute Arbeit geleistet wird, wirken wir auch sanft auf Einstellungen und Versetzungen von Kollegen ein. Nichts Dramatisches, aber wir haben jemanden im Regierungspräsidium, der uns vor Kollegen bewahrt, die …«, hier schmunzelte er leicht und schien nach den richtigen Worten zu suchen, »… nicht zu uns passen.«

Meinte er damit wirklich, dass jeder Kollege, der hier unterrichtete, einer besonderen Beurteilung unterzogen wurde und, wenn er sich nicht bewährte, sogar wieder entfernt werden konnte?

»Und nach welchen Kriterien wird Personal ausgewählt?«, fragte ich.

Bülow schüttelte lächelnd den Kopf.

»Nicht, wie Sie denken. Wir greifen nur ein, wenn es zu massiven Störungen kommt. Ein einigermaßen integrer Charakter und ein paar pädagogisch-didaktische Grundlagen sind vollkommen ausreichend. Wir sind ja keine Unmenschen. Wir sind wie eine Überwachungskamera. Uns interessiert das, was wir sehen, nur dann, wenn es wirkliche Probleme gibt.«

»Und, wenn Sie die Frage gestatten, wieso sind Sie so geheim?«

Beide nickten.

»Jede andere Frage«, sagte von Bülow, »hätte uns beinahe schon enttäuscht, Herr Horvath. Ich sehe, Dr. Nestroy hat uns den richtigen Mann empfohlen.«

Er trank wieder aus seinem Glas. »Zunächst haben

wir keinerlei egoistisches Interesse an dem, was wir tun. Wir sind Philanthropen. Wir wollen für unsere Arbeit nicht im Rampenlicht stehen, wir wollen uns nicht mit jungen Talenten schmücken, deren Fähigkeiten uns dann besser aussehen lassen.«

Das mit dem reinen Altruismus war schwer zu glauben, konnte ich nicht umhin zu denken, wenn die eigenen Kinder kurz vorm Abitur standen. Ich zog es aber vor zu schweigen.

»Zum anderen«, fuhr von Bülow fort, »haben wir einfach mehr Spielraum, wenn niemand von uns weiß.«

Aber auch weniger Kontrolle, dachte ich.

»Wir bewahren uns so unsere Unabhängigkeit, beispielsweise von den offiziellen Schulgremien, Schulkonferenz, Gesamtlehrerkonferenz und so weiter. Auch von externen Institutionen wie dem Regierungspräsidium oder dem Ministerium. Wir bleiben sozusagen unter dem Radar. Die Geschichte hat gezeigt, dass das durchaus Vorteile hat.«

»Beispielsweise«, mischte sich nun Nestroy ein, »geht es ja auch um die Verwendung von Haushaltsmitteln, und da …«

»Nun, jedenfalls«, unterbrach ihn von Bülow, und ich glaubte gesehen zu haben, wie sein Blick Nestroy durchbohrte, »sind wir sicher, dass Sie Verständnis dafür haben, wenn wir von Ihnen absolutes Stillschweigen erwarten darüber, was Sie hier heute erfahren haben. Vor allem darüber, dass es uns überhaupt gibt.«

Und wenn nicht?, fragte ich mich kurz.

»Eines muss ich jetzt aber doch fragen, wenn Sie gestatten«, sagte ich.

»Fragen Sie.«

»Das Turmzimmer ist doch ein Tatort. Wieso können Sie hier tagen?«

Von Bülow nickte ernst. »Nicht mehr.«

»Bitte?«

»Die Ermittlungen werden wohl eingestellt«, sagte von Bülow.

Ich konnte nicht glauben, was ich da hörte.

»Ich habe Verbindungen zum Polizeipräsidium«, sagte er, und es klang betont beiläufig. Ich verstand nicht ganz, was er damit sagen wollte, und es irritierte mich über die Maßen.

»Nun, jedenfalls zurück zu Ihrem Stillschweigen«, er trank sein Glas leer, »ich kann nicht deutlich genug betonen, wie wichtig uns das ist. Unabhängig davon, wie Sie sich entscheiden.«

»Entscheiden?«

»Ja. Zählen Sie nach. Es sind nur vier Lehrer hier außer Ihnen. Es gibt eine Vakanz.«

11.

Mittwoch

Ich versuchte, meine Gedanken zu fokussieren, während ich meine morgendlichen Schattenbox-Übungen absolvierte. Viele Menschen machten Tai-Chi, um sich vor der permanenten Reizüberflutung zu schützen. Es ging darum, dem Gefühl mehr Raum zu geben gegenüber dem Denken. In China war das Herz der General, nicht das Gehirn.

Bei mir war es heute andersherum. Ich nutzte meine Übungen, um mich auf eine einzige Frage zu konzentrieren. Wie war Michael Menzel zu Tode gekommen?

In der letzten Nacht hatte ich erst gar nicht und dann schlecht geschlafen. Der Wechsel zwischen Wachen und Schlafen war diffus gewesen, ich war unruhig, mein Kopf voller Bilder, Gedanken und Fragen. Konnte es wirklich sein, dass ein Geheimbund wie das *Sodalicium* ohne Kenntnis des Großteils des Kollegiums existierte? Wusste Kroll davon? Was genau unternahmen die noch, wovon man mir nichts erzählt hatte? Und eine weitere Sache beunruhigte mich: Ich ging davon aus, dass Menzel der fünfte Lehrer im *Sodalici-*

um gewesen war. Obwohl sein Fach Mathe ja mit Dr. Werner schon vertreten war. Und nun wurden die Ermittlungen zu seinem Tod eingestellt, und von Bülow wusste davon aus erster Hand. Was bedeutete das? Ich fragte mich, ob ich dem *Sodalicium* wirklich beitreten sollte. Aber was war die Alternative, jetzt, wo ich wusste, dass der Zirkel existierte, Geheimhaltung aber deren oberstes Gebot war? War ich auch der Verschwiegenheit verpflichtet, wenn ich nicht eintrat?

Kurz nach sieben machte ich mich auf den Weg zur Kalbsstatue. Die Straßen schimmerten feucht im Licht der Laternen. Eine Frau mit Hund an der Leine kam mir entgegen. Sie wurde immer älter, je näher ich ihr kam. Ihr Gesicht war seltsam gestrafft, ihre Frisur wirkte wie eine Art Helm. Eine Scheinjugendliche, dachte ich in Anlehnung an Michael Endes Scheinriesen Herrn Tur Tur und musste lächeln. Als wir fast auf gleicher Höhe waren, zog die Frau abrupt ihren Hund an sich. Im ersten Moment dachte ich, sie tat das aus Höflichkeit, damit er mir nicht zu nahe kam. Als ich ihren Gesichtsausdruck sah, wurde mir klar, sie tat es eher, um ihn vor mir zu schützen. Vielleicht wirkte ich im Dunkeln tatsächlich etwas unheimlich auf andere, schwarz angezogen, mit dem ausladenden Mantelkragen wie ein unheimlicher Graf in einem Schauerroman.

Buschmanns Wagen hielt neben mir.

»Eine Warnweste wäre auch mal ein Geschenk für dich. Man sieht dich ja gar nicht in schwarzen Klamotten. Außerdem siehst du aus wie ein Vampir. Was bist du denn so bleich?«

Offenbar ging es ihm wieder besser, er war gesprächig wie eh und je.

Nur fühlte ich mich heute nicht so danach.

»Du musst mehr Sport machen«, sagte er.

Ich knurrte abschätzig. Alle machten Sport, das Ehepaar Buschmann allen voran, sie noch mehr als er und im Gegensatz zu ihm bei jedem Wetter. Ich hatte manchmal das Gefühl, ich war der einzige erwachsene Mittelschichtsangehörige, der keinen Sport machte. Sie rannten und fuhren und walkten und kletterten sich in ihren Sportuniformen die Seelen aus dem Leib, und dann maßen sie ihre Körperdaten mit ihren Smartphones, und ich verstand nicht, warum sie das taten. Zur Strafe für all das würden sie hundert Jahre alt, dachte ich manchmal.

»Hast du das von letzter Nacht gehört?«, fragte er.

»Nein, was?«

»Im Colombipark. Zwei Tote. Erstochen. Gestern Abend. Gerade im Internet gelesen. Mehr weiß ich auch nicht.«

Mich schauderte.

Der Colombipark galt seit geraumer Zeit als problematisch. Drogenhandel und Raubüberfälle, wahrscheinlich durch die Nähe zum Bahnhof, machten den eigentlich idyllischen Park rund um das Colombischlösschen zu einem der gefährlichsten Orte Freiburgs, wie man hörte. Aber trotzdem: Was war denn hier eigentlich los? Drei unnatürliche Todesfälle innerhalb von zwei Tagen – und das in der grünen Puppenstubenstadt Freiburg.

Den Rest der Fahrt schwieg ich. Es regnete und war kalt. Kein goldener Herbst weit und breit.

Von der Kripo war an dem Vormittag an der Schule nichts zu sehen. Sie hatten nun wohl mit dem Fall der zwei Erstochenen zu tun.

Im Lehrerzimmer setzte ich mich an meinen Platz und beobachtete die Kollegen bei ihrem Start in den Tag. Gerlinde Szymanczyk-Hohlwang, die mir nicht sonderlich sympathische Nebensitzerin von Silke Buschmann, rannte hektisch zwischen ihrem Platz, ihrem Fach und dem Vertretungsplan hin und her und stieß immer wieder mürrische Laute hervor. Irgendetwas schien sie in Rage zu versetzen, vielleicht hatte sie ihre komplette Unterrichtsvorbereitung für den Tag vergessen, oder man hatte ihr eine unerwartete Vertretungsstunde aufgebrummt. Sie war eine ebenso ehrgeizige wie angespannte Deutschkollegin und darüber hinaus absolut humorlos, was ich am eigenen Leib hatte erfahren müssen, als ich als Konferenzprotokollant einmal ihren Doppelnamen falsch geschrieben hatte. Da verstand sie keinerlei Spaß.

Gedankenverloren ging ich zu meinen Zehnern, einer notorisch schwierigen Klasse auf allen Ebenen.

Deutsch. Gedichtinterpretation. Ausnahmsweise hatte ich noch weniger Lust als die Schüler.

»Müssen wir das wirklich machen?«, fragte eine Schülerin leidend, auch sie ein Opfer dieses aktuellen Modeirrtums, dass man an sehr kalten Tagen mit einer zu kurzen Jeans und Sneakern ohne Socken herumlaufen musste. Die Haut an ihren Fesseln war bereits violett verfärbt.

In der Menschheitsgeschichte haben sich die Menschen immer an klimatische Veränderungen angepasst. Hier geschah es zum ersten Mal, dass das Wetter bei der morgendlichen Kleiderwahl keine Rolle mehr zu spielen schien.

Ich starrte ihre durchgefrorenen Knöchel an und überlegte, was ich sagen könnte. Poirot fiel mir wieder ein. *Ich sehe die Welt, wie sie sein sollte. Und wenn sie nicht so ist, dann sticht die Unvollkommenheit hervor wie die Nase inmitten eines Gesichts.* Und dann ergänzte er: *Das macht das Leben meist unerträglich, ist aber nützlich bei der Aufklärung von Verbrechen.* Ich dachte an Menzel. An Nestroy. Von Bülow. Dann riss ich mich aus meinen Grübeleien und startete einen neuen Versuch, ins Thema Lyrik einzusteigen. Aber es wurde nicht besser. Die Schüler hatten kein Interesse. Genauso wenig wie ich.

»Seit wann bist du Dichter?«, wurde ein berühmter Dichter einmal gefragt. *»Seit wann bist du keiner mehr?«*, antwortete dieser.

Solche Dinge standen im Deutschbuch, darüber sollte man diskutieren. Es war sinnlos. Sie wussten nicht, was das bedeuten sollte. Genau genommen wusste ich es auch nicht. Ich tat nur so.

Es trug auch nicht zu meiner Laune bei, dass für die Schüler Dinge keinen Sinn *machten*, eine unsägliche Sprachneuerung, die auch von Kollegen mittlerweile ohne jedes Unrechtsempfinden verwendet wurde. Und als ein Schüler auf meine Frage, ob er seine Interpretations-Hausaufgabe gemacht habe, mit »nicht wirklich« antwortete, da war die Zeit gekommen, diesem Unsinn Einhalt zu gebieten.

»Nicht wirklich?«, fragte ich, und was nun folgte, diente genauso sehr meinem Kreuzzug gegen Sprachvermüllung wie meiner eigenen Unterhaltung, denn die Stunde drohte mich zu Tode zu langweilen.

»Das ist ja interessant: nicht wirklich. Damit wir uns richtig verstehen, sag doch mal, wie meinst du das, *nicht wirklich?* Eher im Sinne von Platons Höhlengleichnis oder auch der Romantik, die ja bekanntlich einen fundamentalen Unterschied zwischen der Wirklichkeit und der Wahrheit sahen? Meinst du also, du hast vielleicht diese Dichotomie durchdrungen, indem du eine Hausaufgabe angefertigt hast, die zwar nicht wirklich, aber dafür umso wahrer ist? Oder meinst du das Ganze eher im Sinne der Moderne, also vielleicht Kafkas oder Becketts, die in der Wirklichkeit nur noch ein völlig sinnloses und unbegreifliches Gebilde sahen, in dem sich der Einzelne bis zur Selbstauslöschung verheddert, wenn er versucht, darin einen Sinn zu entdecken? Oder vielleicht im Sinne der Konstruktivisten, die ja die objektive Wirklichkeit als nicht existent ansehen und sie durch unzählige subjektive Wirklichkeiten ersetzen? Willst du also sagen, dass du die allgemein gültigen Kriterien, was eine gelungene Gedichtinterpretation sei, ablehnst, indem du dir deine eigene Wirklichkeit, sprich, deine eigenen Kriterien für einen gelungenen Text konstruierst? Womit du dann die Unmöglichkeit der mathematischen Messbarkeit der Qualität von Texten anprangern würdest, was quasi einem Aufschrei gegen ein anachronistisches Bewertungssystem wie dem schulischen *an sich* gleichkäme. Ja, vielleicht sogar einem Fanal gegen die Notengebung als solche? Sprich, Knabe, was meinst du mit *nicht wirklich?*«

Der Schüler glotzte mich an.

»Äh, was?«

»Aha«, sagte ich. »Na dann.«

Die Glocke beendete die Stunde und rettete mich und die Schüler.

Auf dem Weg durch die Flure begegnete ich Kollege Matthäus, den ich gestern Abend bei der Versammlung im Turmzimmer gesehen hatte. Er nickte mir kurz verschwörerisch zu – oder bildete ich mir das ein?

Im Lehrerzimmer strich Kollegin Szymanczyk-Hohlwang mit einem Rotstift die Schreibfehler auf den Aushängen am Schwarzen Brett an – eines ihrer Hobbys. In einem Zeitungsartikel, der neueste Forschungsergebnisse zum Thema *Was ist guter Unterricht heute?* zusammenfasste, markierte sie mit mehreren Ausrufezeichen die Stelle, in der es hieß, dass der in den letzten Jahren so verpönte Frontalunterricht keineswegs immer nur schlecht sein müsse. Ich nickte ihr aufmunternd zu und entdeckte Nestroy beim Vertretungsplan.

»Ah, Herr Horvath, schön, Sie zu sehen«, begrüßte er mich.

»Kann ich Sie kurz etwas fragen?«, sagte ich. »Draußen?«

Er folgte mir, und wir gingen wieder ein Stück Richtung Wald.

»Was haben Sie auf dem Herzen, lieber Kollege?« Nestroy schien wirklich sehr interessiert an meiner Teilnahme an seinem Geheimbund, so freundlich, wie er war.

»Was würde denn passieren, wenn ich jemandem vom *Sodalicium* erzählte?«

Er blieb stehen und sah mich ernst an. »Es wäre nicht ratsam«, sagte er und blinzelte mit zusammengekniffenen Augen in den Wald hinein, »denn wir haben Mittel und Wege, wie wir Ihnen das Leben deutlich erschweren könnten.«

Er presste die Lippen zusammen und holte tief Luft. Von einer Sekunde auf die andere wurde er wieder ganz freundlich. Milde gar. »Ich denke aber nicht, dass es dazu kommt. Oder, Herr Horvath? Wir österreichischen Schriftsteller müssen doch zusammenhalten?«

Ich lächelte ein wenig gequält ob dieses Scherzes unsere beiden Nachnamen betreffend.

»Eine Frage hätte ich noch, wenn Sie gestatten«, sagte ich.

Er nickte, und ich deutete seinen Gesichtsausdruck so, dass er es mir lieber nicht gestattet hätte.

»Der ausgeschiedene Kollege, dessen Platz frei wurde«, begann ich und setzte eine dramatische Pause, »war das Michael Menzel?«

Nestroy zögerte. Er schien seine Antwort genau abzuwägen.

»Nun, ich sehe nicht, warum Sie es nicht wissen sollten. Ja, wenn Sie den Platz einnehmen, dann war er Ihr Vorgänger.«

»Eines verstehe ich nicht«, fragte ich weiter, »es sollte doch jedes Fach vertreten sein. Wieso waren es mit

Dr. Werner und Menzel zwei Mathe- und Physiklehrer?«

Er nickte beeindruckt. »Gut beobachtet. Wissen Sie, manchmal hat die Eignung eines Kollegen Vorrang vor seinen Fächern. Und wenn wir in bestimmten Fächern niemanden finden, der sich aufdrängt, kann es zu solchen Dopplungen kommen. Nicht optimal, zugegeben, aber manchmal nicht zu vermeiden.«

Ich fragte mich, nach welchen Kriterien ich ausgewählt worden war. Und wieso man mich nicht schon vorher gefragt hatte, nachdem meine Fächer doch bisher gefehlt hatten. Unklar blieb auch, wie der Verein sich ansonsten zusammensetzte. Wie fand diese Auswahl statt? Ich beschloss, Nestroy diese Fragen nicht jetzt zu stellen. Ich wollte nicht sein Misstrauen wecken. Außerdem beschlich mich immer mehr die Ahnung, dass hier etwas ganz und gar nicht stimmte.

Ich bedankte mich bei Nestroy für seine Auskunft und ging zurück ins Schulhaus, wo Betty, Martins Assistentin, gerade aus dem Sekretariat kam.

Sie blieb stehen und sah mich mit ihren riesigen Augen an, ohne zu blinzeln.

Ich war wie hypnotisiert.

»Aha, der Bruder«, sagte sie.

»Nun«, versuchte ich, wie aus einer kurzen Trance erwachend, die Contenance wiederzufinden, »in der Tat, der bin ich.«

Sie blickte mich unergründlich an.

»Und, verfolgen Sie eine heiße Spur? Schon Licht am Ende des Tunnels?« Auch wenn Sie es ja eher dunkel mögen, fügte ich in Gedanken hinzu und musste innerlich schmunzeln.

»Eher ein Tunnel am Ende des Lichts«, antwortete sie etwas schroff, und der Anflug eines Lächelns erstarb auf meinen Lippen.

»Ah, die Kripo und der Oberstudienrat«, sagte eine Stimme hinter mir. Ich drehte mich um, und da stand Lucy, mit Pferdeschwanz, Ledermantel, Minirock und schweren Stiefeln.

»Was Sie beide wohl zu bereden haben?«

Betty schaute Lucy an, dann mich, dann wieder Lucy.

»Eine Schülerin von Ihnen?«, fragte sie.

»Nun ja, das lässt sich nicht abstreiten.«

»Messerscharf kombiniert, Frau Kommissar«, sagte Lucy. »Bei Ihrer Kombinationsgabe dürfte es nur eine Frage der Zeit sein, bis der Fall gelöst ist, oder?« Sie lächelte Betty zuckersüß an.

»Und Sie sind …?«, fragte Betty Lucy.

Lucy sah Betty irritiert an. »Also, Lucy? Leung?«

Sie nannte ihren Namen auf eine Art, die eher nach einer Frage klang, wie es die jungen Menschen aus irgendeinem Grund öfter taten.

Ungerührt zückte Betty ein Notizbuch und schrieb etwas hinein.

»Also hören Sie mal«, sagte Lucy, »das können Sie doch nicht einfach! Was soll das denn?«

»Sie glauben gar nicht, was ich alles kann«, sagte Betty, klappte das Büchlein zu und schmunzelte kaum merklich.

»Oha«, meldete sich eine weitere Stimme zu Wort. »Die Kreaturen der Nacht versammeln sich zum Stelldichein.«

Tim stand neben uns und grinste uns an.

Er hatte recht. Schwarz angezogen, wie wir alle waren, sahen wir tatsächlich eher aus wie eine Versammlung Untoter als das, was wir waren: ein Lehrer, eine Kriminalkommissarin und eine Gymnasiastin.

»Ich habe zu tun«, sagte Betty und machte Anstalten zu gehen.

»Ich begleite Sie zu Ihrem Auto«, sagte ich, ohne genau zu wissen, warum. Erstaunt stellte ich fest, dass sie sehr schnell lief, ohne dass man es ihr ansah. Ich versuchte, mit ihr Schritt zu halten, und bedeutete den beiden Schülern mit Blicken, zurückzubleiben und ihre vorlauten Mundwerke im Zaum zu halten.

»Was sollte das denn mit Lucy eben?«, fragte ich. Mein Beschützerinstinkt verlangte nach einer Erklärung.

»Wollte sie nur ein wenig in ihrem Selbstbewusstsein erschüttern«, sagte Betty. Wir waren mittlerweile an ihrem Auto angekommen. Sie klappte ihr Notizbuch auf, riss eine Seite heraus, knüllte das Papier zusammen und warf es mir zu.

»Kleiner Scherz.« Wieder umspielte ein kaum sichtbares Lächeln ihre roten Lippen.

Verdutzt starrte ich sie an. »Ist Martin auch da?«, fragte ich.

»Nein, der ist in der Stadt. Ein neuer Fall, beziehungsweise zwei.«

»Und das heißt?«, fragte ich.

»Wir haben nicht genügend Personal für drei Mordfälle. Daher wird Ihrer wahrscheinlich ein Selbstmord bleiben.«

»Ja, aber das ist doch überhaupt nicht erwiesen!«, sagte ich aufgebracht.

Sie zuckte mit den Schultern.

»Ist praktikabler so. Die neuen Fälle haben absoluten Vorrang. Befehl von ganz oben. Ich habe gerade Herrn Kroll darüber in Kenntnis gesetzt, dass unsere Arbeit hier beendet ist.«

Ich schüttelte den Kopf. Von Bülow hatte recht gehabt, war das Erste, was ich denken konnte.

Betty sah mich aufmerksam an.

»Ich fahr dann mal«, sagte sie schließlich und öffnete die Autotür.

Ich wollte noch etwas sagen, wusste aber nicht, was. Ich wollte nicht, dass die Ermittlungen beendet waren. Das konnte doch nicht alles gewesen sein? Und noch etwas: Betty übte eine gewisse Faszination auf mich aus. Ich bedauerte, sie wegfahren zu sehen. Aber das konnte ich ihr schlecht sagen.

Als ihr Wagen den Parkplatz verließ, fragte ich mich, wie von Bülow so schnell von der Einstellung der Ermittlung erfahren haben konnte. Geistesabwesend öffnete ich den Zettel, den Betty mir zugeworfen hatte. Es war nicht Lucys Name, der darauf stand. Es war eine Handynummer.

Überrascht steckte ich den Zettel in meine Geldbörse und ging ins Schulhaus. Ich war spät dran. Jetzt war Geschichtsarbeit bei den Neunern. Erster Weltkrieg.

Nach etwa fünf Minuten fielen bei den Mädchen wie immer um diese Zeit die Haarvorhänge. Sie glaubten wie Generationen vor ihnen, ich würde nicht bemerken, wie sie hinter ihren Haaren nun ihre Augäpfel hinausstülpten und bei ihren Nachbarn abschrieben, und vor allem, dachte ich amüsiert, glaubten sie vermutlich allen Ernstes, sie wären die Ersten, denen dieser Trick eingefallen war. Kurze Zeit später trat bei den Jungs so eine Art Spontanmigräne auf, gegen die es nur eine Maßnahme gab: die Stirn zwischen Daumen und Mittelfinger der Nichtschreibhand einzuklemmen, um die Augen mit der Handfläche so abzuschirmen, dass der Lehrer nicht bemerkte, wie man gerade nach nebenan linste.

Eine typische Klassenarbeit also.

Am Nachmittag fand eine Gesamtlehrerkonferenz statt, in der eine hitzige Debatte über den Sinn und Unsinn von Doppelstunden aufbrandete. Danach ertrug ich Diskussionen über die Größe von Topfpflanzen im Besprechungszimmer und den Verkauf von Lachsbrötchen beim Tag der offenen Tür. Ich nahm vage wahr, wie ein Kollege den nachlässigen Umgang der Lehrer mit technischen Gerätschaften wie Kopierern und Druckern beklagte.

Irgendwann kam Dr. Kroll auf Menzels Tod zu sprechen und informierte das Kollegium über das Ende der Ermittlungen. Und damit auch über die offizielle Todesursache. Selbstmord.

Die Kollegen nahmen das äußerst beunruhigt zur Kenntnis. Ich vernahm Spekulationen über mögliche Motive. Immer wieder wurden berufliche Zusammenhänge aufgeworfen. Stress, die größer werdende bürokratische Belastung, die wachsenden Ansprüche von Schülern und Eltern. Schließlich bildete sich eine Arbeitsgruppe. Wozu genau, entzog sich mir. Immer wieder sah ich Menzels Gesicht vor mir. Ich versuchte, es zu verscheuchen, doch es kam beharrlich zurück. Es war, als krallte er sich an mir fest. Es war, als wollte er mir unbedingt etwas mitteilen. Bloß was?

12.

Abends griff ich zum Telefon, um Martin anzurufen. Seit er nach fünfzehn Jahren Hamburg nach Freiburg zurückgekehrt war, redeten wir davon, dass ich ihn und seine Freundin Anna zum Essen einladen wollte. Die Zeit dafür war nun gekommen. Ich hatte Fragen an den Herrn Kommissar.

Doch er ging nicht ran. Die Mordfälle in der Stadt nahmen ihn vermutlich sehr in Beschlag. Ich wählte Annas Nummer und hinterließ eine Bitte um Rückruf auf ihrem Anrufbeantworter.

Der Stapel Klassenarbeiten, der als chronische Anklage auf meinem Schreibtisch lag, fiel mir ins Auge. Es gab ja nur zwei Zustände im Leben eines Lehrers: Entweder man korrigierte gerade oder man sollte eigentlich korrigieren. Bei mir überwog derzeit eindeutig die zweite Variante.

Ich beschloss, mir davon nicht weiter ein schlechtes Gewissen machen zu lassen, und legte stattdessen eine Schallplatte auf. Sibelius' *Violinkonzert,* auf das ich mich schon den ganzen Tag gefreut hatte. Ich öffnete gerade einen guten Bordeaux, als es an der Tür klingelte.

In dem alten Gebäude, in dem meine Mietwohnung lag, gab es keine Sprechanlage. Ich öffnete die Tür, gespannt, wer die ausgetretenen Holzstufen heraufkommen würde.

Es war Corinna Menzel. Diesmal trug sie die Haare offen, sie waren feucht vom Nieselregen. Sie war bleich und außer Atem.

»Corinna?«, sagte ich überrascht. »Komm herein! Möchtest du ein Handtuch?«

»Gregor, ich muss mit dir reden.«

Kurze Zeit später saßen wir uns im Wohnzimmer gegenüber. Sie hatte sich mit den Worten »darauf kommt es jetzt auch nicht mehr an« gegen meinen Willen – schließlich war sie schwanger – ein halbes Glas Rotwein erbeten. Sie hatte tiefe Augenringe und wirkte fahrig und aufgebracht.

Ich fragte mich, warum sie ausgerechnet mich aufsuchte, so eng war unser Kontakt bisher nicht gewesen.

»Gregor, ich zermartere mir die ganze Zeit das Gehirn, was da passiert sein könnte.«

Wer nicht, dachte ich, schwieg aber.

»Michael und ich hatten in letzter Zeit ein paar … also vor allem er hatte Probleme.« Sie nippte an ihrem Wein. Ich musste daran denken, wie Martin nach unserem Besuch bei ihr meinte, mit der Ehe der Menzels wäre etwas nicht in Ordnung. Doch was sie nun berichtete, ging in eine ganz andere Richtung.

»Ich hätte ihm besser zuhören sollen. Mehr für ihn da sein sollen. Vielleicht hätte ich das verhindern können.«

»Was meinst du?«, fragte ich. »Worum geht es genau?«

Sie trank einen Schluck Rotwein, nahm ruckartig das Glas von den Lippen, starrte es erschreckt an und stellte es beiseite.

»Mir fallen dauernd so Sachen ein«, sagte sie, »die er in letzter Zeit gesagt hat. Ich habe ihm einfach nicht richtig zugehört. War zu sehr mit mir selbst beschäftigt und dem Baby und allem.« Sie legte sich eine Hand auf den Bauch.

Ich schaute sie auf eine Art an, die ich für einfühlsam hielt.

»Michael war ja bekannt dafür, dass er streng bewertete«, fuhr sie fort, »und nicht so dafür zu haben war, mal ein Auge zuzudrücken und fünfe gerade sein zu lassen. Er ließ da auch nicht mit sich reden. Er hat immer gesagt, entweder man ist exakt oder man ist es nicht. Wenn man es ist, herrscht Ordnung, wenn nicht, Chaos, oder so ähnlich. Er war Naturwissenschaftler mit Leib und Seele.«

Ich lächelte. Was sie sagte, bestätigte wieder einmal

den Ruf der Geisteswissenschaften, es nicht so genau zu nehmen, jede Schülerantwort als irgendwie richtig anzusehen, Hauptsache, der Schüler hat sich bemüht, nach dem Motto: *Schreiben kann er nicht, aber er hat ein tolles Sozialverhalten, dann wollen wir doch mal nicht so sein.* Und wenn der Lehrer bei Entweder-oder-Fragen unsicher war, rettete er sich mit der Standardausflucht »das geht beides«. Das ging in Mathe natürlich nicht. Allerdings ging es auch sonst nicht. Sprachliche, inhaltliche und strukturelle Präzision waren immer höchstes Gebot. Daran konnte man sich durchaus die Zähne ausbeißen, ich wusste das nur zu gut.

»Es gab Eltern«, fuhr Corinna fort, »die Druck gemacht haben. Immer wieder. Es gab Telefonate, E-Mails, Michael musste zweimal sogar zum Schulleiter. Er konnte alles rechtfertigen, aber der Druck wurde immer größer. Vor allem ein Vater hat ihm in letzter Zeit sehr zugesetzt. Hat sogar rechtliche Schritte eingeleitet. Es gab schon einen Termin beim Regierungspräsidium.«

»Wer?«

»Mölders heißt der, sein Sohn heißt …«

»Dennis?« Der saß in meinem Deutschabiturkurs. Nicht das hellste Licht im Kronleuchter. Eher im Gegenteil. Kein Wunder, dass sein Vater da einzugreifen versuchte. Wie ich mich von den letzten Kurskonferenzen erinnerte, würde Dennis große Probleme haben, das Abitur zu schaffen. Vor allem Mathe spielte dabei eine Rolle.

»Ja, Dennis«, bestätigte sie. »Sein Vater ist Anwalt. Ein ganz unangenehmer Typ. Der hat uns einen Kollegen von ihm auf den Hals gehetzt, der sich wohl auf Schulklagen spezialisiert hat. Wir haben uns über den erkundigt. Der macht nichts anderes, als Noten anzufechten oder Prüfungen einzuklagen. Sein Laden brummt. Und seine Erfolgsquote ist anscheinend sehr hoch.«

Ich dachte nach. Selbst wenn man Menzel rechtlich genötigt hätte, seine Noten zu ändern, deshalb brachte man sich doch nicht gleich um, so narzisstisch war er mir nie vorgekommen. Und falls doch, dann könnte man doch meinen, er hätte das Ganze für einen fulminanten Schlussakkord genutzt, einen Abschiedsbrief, in dem die Beweggründe dargelegt würden und der vielleicht sogar über die Presse einer breiten Öffentlichkeit zugänglich gemacht werden konnte.

»Das andere war«, fuhr Corinna fort, »dass er ja immer wieder um ein naturwissenschaftliches Profil an der Schule gekämpft hat.«

Ich erinnerte mich an heftige Debatten in Konferenzen um die Ausrichtung der Schule, um deren Zukunftsfähigkeit angesichts der beruflichen Chancen im naturwissenschaftlichen Bereich sowie des zurückgehenden Interesses von Eltern und Schülern an alten Sprachen.

»Auch hier wurde der Druck größer«, sagte sie. »Offenbar hat Kroll ihm gedroht, wenn er nicht lockerlasse, sorge er für seine Versetzung.«

Mir fiel Nestroys Bemerkung im Turm über Haushaltsmittel ein und wie von Bülow ihn davon abhielt, weiterzusprechen.

»Noch am Wochenende hat Michael etwas gesagt, was ich nicht verstehe«, sagte sie.

Ich sah sie gespannt an.

»Er meinte, dass er vielleicht wirklich die Schule wechseln sollte, wenn sogar die eigenen Leute ihn loswerden wollten.«

Ich war wie elektrisiert.

»Weißt du, was er damit gemeint haben könnte?« Sie strich sich mit einer müden Bewegung die Haare aus der Stirn.

Und ob, dachte ich.

»Meinst du, er hat sich deshalb umgebracht?«, fragte sie.

Ich starrte sie an. Meine Gedanken rotierten. Gab es innerhalb des *Sodalicium* unterschiedliche Meinungen zu diesem Thema? Wollten die Herren des Geheimbunds die alten Sprachen und das musische Profil um jeden Preis erhalten? Und wenn ja, warum? Und was hatte Dr. Kroll, der Schulleiter, damit zu tun, dass er Menzel in die Schranken wies?

Wir haben Mittel und Wege, Ihnen das Leben schwer zu machen. Das waren Nestroys Worte am Vormittag gewesen.

Hatte man Menzel versetzen wollen, weil er zu unbequem geworden war? War Menzel möglicherweise nicht darauf eingegangen und hatte womöglich sogar arbeitsrechtliche Schritte eingeleitet? Hatte man Menzel in den Selbstmord getrieben? Ihn loswerden wollen? Mit *allen* Mitteln, wenn er es nicht selbst in die Hand nahm? Oder ging hier meine Fantasie mit mir durch, weil ich in letzter Zeit so viele Krimis gelesen hatte?

Bevor ich auf Corinna Menzels letzte Frage reagieren konnte, klingelte im Flur das Telefon. Ich entschuldigte mich und nahm den Hörer ab. Es war Martins Freundin Anna. Sie freute sich über die Einladung und versicherte, sie werde dafür sorgen, dass Martin auch Zeit finde.

Als ich zurück ins Wohnzimmer kam, hatte Corinna Menzel ihren Mantel bereits an.

»Ich lass dich wieder in Ruhe, danke, Gregor«, sagte sie.

»Wieso kommst du eigentlich mit alledem zu mir?«, fragte ich. »Ich meine, ich fühle mich geehrt, dass du mich ins Vertrauen ziehst, aber es gäbe doch sicher

Kollegen, die dir näherstehen? Buschmann beispielsweise.«

Sie schüttelte den Kopf. »Zu dem wollte ich nicht.«

»Seid ihr nicht befreundet?«

»Doch. Ja. Waren wir zumindest. Aber ich vertraue ihm nicht mehr.«

13.

Donnerstag

Ich lag lange wach in jener Nacht. Stundenlang dachte ich darüber nach, was Corinna Menzel mir erzählt hatte. Wenn ihre Theorie, dass ihr Mann in den Tod getrieben worden war, weil man ihn loswerden wollte, stimmte, musste man da etwas tun. Das durfte nicht verschwiegen werden. Und wenn wirklich das *Sodalicium* dahintersteckte, was bedeutete, dass dieser Verein sogar Druck auf die eigenen Mitglieder ausübte, war ich in der idealen Position, mehr darüber herauszufinden. Auch wenn ich den Platz von jemandem einnahm, den möglicherweise sogar die Männer auf dem Gewissen hatten, die mich nun in ihre Reihen aufnehmen wollten.

Interessant war auch, dass kurz nach Menzels Tod die Versammlung einberufen worden war. Mussten Mitglieder grundsätzlich von einem Tag auf den anderen abrufbereit sein? Wieso war es so wichtig, den freien Lehrerplatz so schnell wieder zu besetzen? Konnte man da nicht, und sei es aus Pietätsgründen, ein paar Wochen warten? Oder – und diese Überlegung jagte mir einen Schauer über den Rücken – war das Treffen schon vor Menzels Tod geplant gewesen, für den Fall, dass dieser eintreten würde?

Corinna Menzel wusste offenbar nichts von der Existenz des Zirkels. Das hieß, dem *Sodalicium* gelang es, Mitglieder dazu zu bringen, ihre Mitgliedschaft vor den eigenen Ehepartnern geheim zu halten. Wie war das möglich, außer über maximalen Druck?

Und dann kam mir ein weiterer Gedanke, der augenblicklich jeden Gedanken an Schlaf vertrieb. Von Bülow wusste, dass die Ermittlungen eingestellt worden waren. Er hatte Beziehungen zum Polizeipräsidenten, wie er sagte. War das die Handynachricht gewesen, die er bekommen hatte? Um halb neun war ich im Turmzimmer eingetroffen. Als von Bülows Handy leuchtete, musste es kurz vor einundzwanzig Uhr gewesen sein. Die Veranstaltung hatte vor meinem Eintreffen begonnen, vermutlich um zwanzig Uhr. Da wusste von Bülow schon, dass das Turmzimmer kein Tatort mehr war, sonst hätte das Treffen dort nicht stattfinden können. Laut Zeitung hatte man die beiden Toten aber erst um kurz nach zwanzig Uhr gefunden. Wie ging das zusammen? Hatte von Bülow einfach ignoriert, dass das Turmzimmer ein Tatort war, weil Treffen seit Jahrzehnten dort stattfanden und man sich von ein paar Absperrbändern davon nicht abhalten lassen wollte? Und die Nachricht legitimierte seine

Dreistigkeit im Nachhinein? Das wäre ein unglaublicher Zufall. Oder hatte die Einstellung der Ermittlungen gar nichts mit den Morden im Colombipark zu tun, sondern war durch von Bülows Beziehungen zum Polizeipräsidenten geschehen? War sein Einfluss so groß, dass er dies bewirken konnte? Und wenn ja, warum wollte er das tun? Das würde ja dann bedeuten, dass von Bülow tatsächlich glaubte, der Zirkel könnte schuld an Menzels Selbstmord sein. Oder er wusste sogar, dass da jemand konkret nachgeholfen hatte.

Angesicht all dieser Fragen sah ich nur einen Weg, Antworten zu finden: Ich musste das Angebot annehmen und dem *Sodalicium* beitreten.

Der Schultag begann mit einer Doppelstunde in meinem Deutschkurs. Ich war übermüdet und gleichzeitig seltsam aufgedreht.

»Damen und Herren«, begrüßte ich die Schüler, »ich habe in der letzten Stunde einen Fehler gemacht. Die Aufgabe, die ich Ihnen gestellt habe, war unpassend und ungeeignet. Ich bitte Sie um Verzeihung, sollte ich Sie damit verstört oder beunruhigt haben. Wir beenden unsere Einheit auf andere Weise.«

Das Protestgeheul der Schüler war laut und ungestüm. Damit war nicht zu rechnen gewesen. Alle Gruppen waren vorbereitet. Kein Einziger hatte die Aufgabe nicht gemacht. Ein Novum. Sie wollten präsentieren. So motiviert hatte ich sie selten gesehen. Die

Stimme der Mutter, die mich angerufen hatte, mahnte in meinem Hinterkopf, aber ich beschloss, sie zu ignorieren. Ich konnte nicht anders. Die Schüler sollten ihre Theorien vorstellen. Zudem war ich tatsächlich neugierig auf ihre Ideen.

Die erste Gruppe machte sich bereit. Es waren zwei Schülerinnen und Dennis Mölders – der Schüler, den Menzel, woran ich mich plötzlich erinnerte, in einer Konferenz als »hoffnungslosen Fall« beschrieben und dessen Vater laut Corinna Menzel Druck auf ihren Mann ausgeübt hatte.

»Wir haben«, begann das erste Mädchen, »uns überlegt, dass Herr Menzel von einem ehemaligen Schüler ermordet wurde.«

Dennis Mölders trat vor. Von ihm kam selten etwas Brauchbares, meistens schwieg er, und wenn man ihn fragte, hatte er in der Regel »keine Ahnung« oder gab Antworten, die mit der Frage nichts zu tun hatten.

»Also, der Menzel hat ja gerne strenge und auch unfaire Noten gegeben.«

Einige Schüler kicherten, vermutlich weil sie um Mölders' eigene Situation zu diesem Thema wussten.

»Und man konnte auch nie mit ihm über Noten reden, der war ja immer krass hart und so, also haben wir uns überlegt, es gibt da einen ehemaligen Schüler, also einen, der hier Abitur gemacht hat und der vielleicht etwas studieren wollte, vielleicht Medizin oder so. Er hatte überall sehr gute Noten und brauchte ein Eins-Komma-null-Abi. Und jetzt hat er aber in Mathe nur zehn Punkte bekommen. Er geht zu Menzel und fragt ihn, was er tun kann, Menzel sagt nur, er muss halt mehr lernen. Vielleicht lernt er aber schon voll krass viel, und er braucht aber dieses Eins-Komma-null-Abi, und Menzel bleibt hart, und am Ende hat er nur ein Eins-Komma-drei-Abi und bekommt keinen Platz für Medizin, und dann bringt er ihn um.«

Ich dachte nach. Die Theorie war grundsätzlich besser, als ich erwartet hatte.

»Und wie begründen Sie das theoretisch, also soziologisch oder psychologisch?«

Ich hatte mit den Schülern die Theorien des amerikanischen Psychologen Roy F. Baumeister behandelt, der vier Wurzeln des Bösen ermittelt hatte, vier verschiedene Motivationen, warum Menschen Böses taten.

Mölders sah mich dumpf an. Dieser Teil des Arbeitsauftrags sagte ihm nichts, und er war natürlich auch nicht in der Lage zu improvisieren, dazu hätte er im Unterricht aufgepasst oder etwas verstanden haben müssen. Somit hatte sich sein Beitrag zum Gruppenergebnis erschöpft. Immerhin hatte er zur Abwechslung einmal strategisch klug gehandelt und sich mit zwei Mädchen zusammengetan, die immer ordentliche Ergebnisse produzierten, statt wie sonst mit seinen Kumpels kompletten Unfug zu präsentieren.

»Genau«, sprang das zweite Mädchen in die Bresche, »wir schwanken ein wenig zwischen Professor Baumeisters Theorie des *verletzten Narzissmus* und dem *Mittel zum Zweck*. Genau. Beim Ersten hieße das, der Schüler, der ja sonst nur sehr gute Noten bekommen hatte, konnte es nicht verwinden, dass ihn hier jemand schlechter beurteilt hat. Der Mörder ist also ein Narziss mit einem verletzten Selbstwertgefühl. Äh, genau.«

»Frau Grohl, wieso sagen Sie ständig ›genau‹?«, fragte ich.

»Was?«

»Sie haben in den letzten Sekunden dreimal das Wort ›genau‹ verwendet, ohne dass es dafür einen schlüssigen Grund gegeben hätte.«

Ich musste das tun, die »Genau«-Epidemie zu bekämpfen war einer meiner privaten linguistischen Kreuzzüge.

»Gewöhnen Sie sich das ab, man könnte Sie sonst für weniger klug halten, als Sie tatsächlich sind.«

Sie blickte mich irritiert an.

»Gut«, fuhr ich fort, »und wie kommt die zweite Theorie *Mittel zum Zweck* ins Spiel?«

Die drei schauten betreten drein, offenbar hatten sie keine Begründung für diese Behauptung, im Gegensatz zu Charlotte von Bülow, die bereits die Hand in der Luft hatte.

»Frau von Bülow?«

»Die Theorie mit dem ›Mittel zum Zweck‹ macht keinen Sinn.«

»Ergibt«, korrigierte ich sie in der Hoffnung, diesen Anglizismus zumindest aus meinem Klassenzimmer vertreiben zu können.

»Ergibt keinen Sinn«, wiederholte sie artig und lächelte mich an. »Danke, dass Sie mich darauf hinweisen«, ergänzte sie ironisch.

Ich nickte ihr gönnerhaft zu, dann fuhr sie fort: »Nach dieser Theorie müsste der Mord dem Mörder ja etwas bringen. Er müsste dafür etwas bekommen, was er unbedingt will. Der Mord an Herrn Menzel würde den ehemaligen Schüler seinem Studienplatz aber keinen Schritt näherbringen.«

»Sehr gut, Frau von Bülow.«

Während Charlotte sprach, hatte ich mir noch einmal das gestrige Treffen mit ihrem Vater vor Augen geführt. Ich fragte mich, ob Charlotte möglicherweise etwas mit meiner Einladung zu tun haben könnte, da ich davon ausging, dass sie mich für einen passablen Lehrer hielt. Hatte sie ihrem Vater davon erzählt, wodurch er auf mich aufmerksam geworden war?

Ich wandte mich wieder der Gruppe zu. »Haben Sie ein literarisches Vorbild für Ihre Theorie gefunden?«

»Wir dachten an *Michael Kohlhaas*«, sagte das erste Mädchen. »Das Motiv dort ist ja Rache für erlittenes

Unrecht. Bei Baumeister ist Rache verbunden mit der Theorie des verletzten Narzissmus. Genau. Äh. Also.« Sie sah mich hilflos an.

»Nicht schlecht«, sagte ich. »Nicht ganz vollständig, aber durchaus ordentlich.«

Die Mädchen lächelten stolz, Mölders grinste einfältig, ich machte mir ein paar Notizen zu dieser Präsentation. Die Schüler setzten sich, und die nächste Gruppe machte sich bereit.

Sie bestand aus nur einem Schüler, Merlin Schwarz. Er war ein Einzelgänger, durchaus intelligent, sehr introvertiert. Oft brütete er stumm vor sich hin, das aktuelle Thema schien ihn aber sehr zu interessieren, so aktiv hatte er sich nie zuvor beteiligt.

»Wir haben ja über den Film *Sieben* gesprochen«, begann er seine Ausführungen, »wo der Täter aus Idealismus handelt, er will mit seinen Taten menschliche Verfehlungen darstellen. Was aber, wenn ein Mörder noch weitergeht? Was, wenn jemand nicht aus reinem Sadismus tötet, wie bei Baumeister, sondern quasi mit einem größeren Anliegen?«

Merlin Schwarz vermied konsequent jeglichen Blickkontakt sowohl mit der Klasse als auch mit mir, was das genaue Gegenteil dessen war, was man ihm von Anfang an über das Halten von Vorträgen beigebracht hatte. Dennoch lauschte ich fasziniert.

»Ich meine das auch gar nicht«, fuhr er fort und zog

Notizzettel hervor, »wie in Dostojewskis *Schuld und Sühne*, wo Raskolnikow sagt: ›*Wer vieles wagt, ist bei den Menschen im Recht. Wer auf das meiste spucken kann, der ist ihr Gesetzgeber, und wer am meisten wagt, genießt die meisten Rechte.*‹ Womit er ja behauptet, außergewöhnliche Menschen hätten das Recht und gewissermaßen die moralische Pflicht, die gewöhnlichen Menschen zu ihren höheren Zwecken zu gebrauchen.«

Ich hatte das schwindelerregende Gefühl, hier einer Raupe dabei zuzusehen, wie sie sich in einen Schmetterling verwandelte. Allerdings war es ein schwarzer Schmetterling, ein Totenfalter, denn das, was Merlin Schwarz sagte, war erschreckend und beängstigend. Hier hatte sich jemand nicht erst seit zwei Tagen mit diesem Thema beschäftigt.

»Was also, wenn jemand tötet, um das maximal Böse zu tun?«, fuhr er unbeirrt fort. »Also als eine Art Anti-Kant? Was, wenn es eine Art kategorischen Imperativ des Bösen gäbe? Wenn einer das Böse tut, einfach nur, weil er es kann? Als Ausdruck seiner persönlichen Freiheit. Kant sagt ja, der Mensch nutzt diese Freiheit, um moralisch gut zu sein. Und der Mensch könne nur das Gute um dessen selbst willen tun. Also kann, laut Kant, der Mensch sich nicht freiwillig dafür entscheiden, böse zu sein. Zur Selbsterhaltung ja, aber nicht als Ausdruck von Freiheit. Meine Frage ist: Was, wenn Kant sich irrt?«

Er blickte zum ersten Mal in die Klasse. Ich folgte seinem Blick. Die meisten Schüler starrten ihn verständnislos, manche amüsiert an. Nicht viele schienen ihm folgen zu können. Ich sah in die Gesichter der Viererbande. Sie waren aufmerksam und ernst.

»Als literarisches Vorbild«, sagte Merlin, »wähle ich den holländischen Film *Spurlos verschwunden*, den wohl bösesten Film aller Zeiten. Die Hauptfigur hat sich zum Ziel gesetzt, auf die denkbar grausamste Art zu töten, zu der ein Mensch fähig ist.«

Mir fiel etwas ein. In der Mittelstufe hatte ich eines Tages einen Zettel von ein paar Schülern bekommen – Tim Kress war einer von ihnen –, auf dem sie eine Liste mit ihrer Meinung nach potenziellen Amokläufern unter den Schülern erstellt hatten. Ganz oben auf der Liste hatte Merlin Schwarz gestanden. Jetzt glaubte ich zu wissen, warum. Der Junge war mir mit einem Mal unheimlich. Er schien jedes Wort, das er sagte, wirklich so zu meinen.

Tarik meldete sich.

»Wieso soll es das denkbar Grausamste sein, einen Lehrer aus einem Fenster zu stoßen?«, fragte er. »Da könnte man sich doch schlimmere Todesarten vorstellen?«

»Nun.« Merlin lächelte leicht. »Es kommt auf die Umstände an. Vielleicht hat der Mörder Herrn Menzel dazu gebracht, selbst zu springen. Ihn vor eine Wahl gestellt. Eine Wahl zwischen dem Tod und etwas noch viel Schlimmerem, sodass der Tod die leichtere Option schien. Vielleicht wusste der Mörder ja von Frau Menzels Schwangerschaft.«

Ich glaubte, nicht richtig zu hören. Mir stockte der Atem. Ich sah, dass es den meisten Schülern ebenso erging.

»Also«, unterbrach ich Merlin, bevor weitere Ungeheuerlichkeiten aus seinem Mund kamen, »ich denke, wir haben an dieser Stelle genug gehört. Danke, Merlin, Sie dürfen sich setzen.«

Merlin sah mich finster an. Ich erkannte, dass er noch nicht fertig gewesen war. Ich hatte ihm sein Finale verdorben. Was immer es war, ich wollte es nicht hören. Merlins Blick jagte mir einen Schauer über den Rücken. Kalter Hass, das waren die Worte, die mir dazu einfielen.

Ich forderte die Viererbande mit einem kurzen Blick in Richtung Charlotte auf, schleunigst zu mir nach vorne zu kommen.

»Unsere Theorie«, begann Lucy, »ist vielleicht weniger schockierend als das, was wir gerade gehört haben, aber dennoch nicht minder abgründig.«

Tarik übernahm. »Wir gehen davon aus, dass der Mord von einem Vater begangen wurde. Einem Vater, der sich Großes für sein Kind in den Kopf gesetzt hat. Vielleicht sollte das Kind eine generationenübergreifende Linie fortführen, zum Beispiel ein Geschäft übernehmen. Oder eine Kanzlei.«

Mölders, dachte ich und sah zu ihm. Sein Vater war Anwalt, der einen anderen Anwalt beauftragt hatte, für bessere Noten zu sorgen, so Corinna Menzel. Mölders junior war jedoch mit etwas anderem beschäftigt, sodass er nicht mitbekam, dass Tarik möglicherweise über ihn sprach.

»Doch nun«, fuhr Tarik fort, »ist diese Linie in Gefahr. Denn die Noten des Kindes stimmen nicht. Die Versetzung ist gefährdet. Vielleicht das Abitur. Womöglich wurde der Schüler oder die Schülerin schon einmal nicht versetzt.«

Immer wenn ich Tarik reden hörte, musste ich daran denken, wie häufig es vorkam, dass Kinder, die nicht in Deutschland geboren wurden und erst im Kindesalter Deutsch lernten, nach wenigen Jahren viele deutsche Schüler überflügelten. Mehr Ehrgeiz vermutlich und Kulturen, in denen nicht jedes Gekritzel des Kindes gleich ein Meisterwerk war und Regeln nicht frei auslegbar waren.

»Und immer«, übernahm Tim – die Übergänge zwischen den Sprechern verliefen völlig unmerklich, die Präsentation wirkte einstudiert wie ein Theaterstück –, »lag es an den Fächern Mathe und Physik. Menzels Fächern. Die Eltern haben bereits alles versucht. Zum Beispiel, den Schulleiter zum Lehrerwechsel zu überreden. Menzel dazu zu bringen, ein Auge zuzudrücken. Nachsicht walten zu lassen.«

Die letzten Worte sagte Tim mit feiner ironischer Betonung. Das tat er immer, wenn er versuchte, Charlottes und Lucys Sprechweise nachzuahmen.

»Nun greift der Vater zum Äußersten«, fuhr Charlotte fort. »Er bittet Herrn Menzel um eine Unterredung im Turmzimmer. Unter irgendeinem Vorwand sorgt er dafür, dass Herr Menzel dorthin kommt. Er lockt ihn zum Fenster, öffnet es und stößt ihn hinunter.«

»Mord aus *Mittel zum Zweck,* wie Baumeister das nennt«, sagte Lucy. »Im Grunde handelt es sich um eine Variation des klassischen Motivs *Mord aus Habgier*. Nur, dass der Mörder nichts möchte, was das Opfer besitzt, sondern es davon abhalten möchte, etwas zu tun, was dem Mörder schadet.«

»Ein gängiges Motiv in vielen Mafia- und Gangsterfilmen«, übernahm Tim wieder, »in denen das Opfer durch Mord daran gehindert wird, zum Beispiel eine Aussage zu machen. Oder – wie in der berühmten Taufszene in *Der Pate,* in der Michael Corleone sämtliche Gegner aus dem Weg räumen lässt – um sich selbst unbeschränkte Macht zu sichern.«

Ich hatte gehofft, die Schüler würden sich mehr auf klassische Kriminalliteratur beziehen, aber offenbar lasen nur Erwachsene Krimis, den Jugendlichen waren

Filme näher. Über *Sieben* hatten wir im Unterricht gesprochen, er wurde immer wieder von Schülern erwähnt, sodass ich ihn mir ansah, um mitreden zu können. Ein perfides, düsteres, aber überaus faszinierendes Machwerk. *Der Pate* kannte ich natürlich und erinnerte mich gut an die genial montierte Taufszene. Von dem holländischen Film, den Merlin Schwarz erwähnte, hatte ich noch nie gehört, allerdings war meine Neugierde geweckt.

Die letzte Gruppe, die ihr Resultat vorstellte, bestand aus im Unterricht in aller Regel eher stillen Mädchen. Sie waren die Einzigen, die eine Beziehungstat zugrunde legten. Auch sie wussten von der Schwangerschaft von Menzels Frau und stellten die Theorie auf, dass sie seit Längerem eine Affäre gehabt habe, vielleicht sogar mit einem Kollegen hier an der Schule, der auch der Vater des Kindes sei. Die beiden hätten sich, da auch der Kollege verheiratet sei, hier in der Schule getroffen – und zwar im Turmzimmer. Menzel, einen Verdacht hegend, habe die beiden dort überrascht, und der Liebhaber seiner Frau habe ihn dann aus dem Fenster gestoßen. In Wirklichkeit, so die Mädchen, hätten Menzels Frau und ihr Galan den Verdacht selbst gestreut, um Menzel in eine Falle zu locken. Eine klassische »Mittel zum Zweck«-Tat nach Baumeister also, als Vorbild wählten die drei den Filmklassiker *Wenn der Postmann zwei Mal klingelt,* den eines der Mädchen mit ihren Eltern gesehen hatte.

Ich war äußerst angetan von den Ergebnissen der Schüler. Fast ein wenig zu sehr. Alle Theorien waren für sich genommen überzeugend und waren es wert, bedacht zu werden. Außer der von Merlin Schwarz, wie ich hoffte, der aber trotz der moralischen Abgründe eine ungeahnte intellektuelle Leistung abgeliefert hatte. Was mir durch die Idee der Schüler klar wurde, war, dass die Selbstmordtheorie nicht plausibler war als mögliche Mordtheorien und dass es durchaus mehr Menschen gab, als ich bisher angenommen hatte, die möglicherweise ein Motiv hatten. War mein Kollege Menzel zum Fenster hinausgestoßen worden?

Ich musste mit jemandem darüber reden. Doch mit wem? Kurz dachte ich an Buschmann, verwarf den Gedanken aber rasch. Er hatte sich mir bisher nicht als ernsthafter und tiefgründiger Gesprächspartner für intellektuelle Themen offenbart. Sollte ich Martin heute Abend von meinen Überlegungen erzählen? Allerdings würde der sich fragen, weshalb ich mir darüber Gedanken machte, die Sache sei doch abgeschlossen. Vielleicht ergab sich trotzdem eine Möglichkeit, versuchen konnte ich es. Doch dann fiel mir etwas Besseres ein.

Ich rief die Viererbande nach der Stunde kurz nach vorne. »Ich muss mit Ihnen reden. Hätten Sie vielleicht morgen Abend Zeit? Essen? Bei mir?«

»Ich habe bereits Pläne«, sagte Lucy, »aber wenn Sie darauf bestehen, sage ich ab.«

»Das wäre ganz zauberhaft, Lucy«, sagte ich.

Auf dem Weg ins Lehrerzimmer begegnete ich dem Hausmeister. Klaus Wehrlich schien es eilig zu haben.

»Klaus, du wolltest doch noch etwas mit mir bereden.«

»Ja, aber im Moment geht's nicht. Im C-Bau haben sich ein paar Irre an die Türklinke gehängt und sie abgerissen. Jetzt hocken sie mitsamt Lehrerin da drin und kommen nicht mehr raus. Wir reden später.« Und schon hastete er weiter.

14.

Es klingelte an der Tür. Sie waren pünktlich. Sicher hatte Anna dafür gesorgt. Pünktlichkeit war Martins Stärke nicht.

»Kommt herein.«

»Hallo, Gregor, schön, dich zu sehen.«

Anna umarmte mich kurz. Sie roch gut. Wir kannten uns, seit wir Kinder waren. Sie war eher mit Martin und seinen Kumpels befreundet gewesen als mit mir, was hauptsächlich daran lag, dass ich mit kaum jemandem richtig befreundet gewesen war und mich eher in meinem Zimmer verschanzte, als draußen herumzustromern oder später am See zu feiern. Ich hatte immer gefunden, dass die beiden ein gutes Paar wären, sie selbst waren wohl erst kürzlich darauf gekommen.

»Martin«, sagte ich, und wir umarmten uns flüchtig. Er sah ungepflegt aus, Dreitagebart, wirres Haar, dazu muffelte er etwas streng.

»Bin direkt vom Dienst gekommen«, sagte er, als hätte er meine Gedanken erraten, was vermutlich auch der Fall war. Passierte uns regelmäßig.

»Das riecht ja toll«, sagte Anna und strahlte. Ich ging davon aus, dass sie das Essen meinte und nicht Martin.

»Ist gleich fertig.«

»Das war eine gute Idee von dir, Gregor«, sagte Anna, »ich freue mich, dass wir endlich mal Zeit gefunden haben. Zum Glück hast du mich angerufen und nicht deinen Bruder, das war sehr klug von dir.«

Martin nickte und grinste schief.

»Was gibt's denn?«, fragte er. »Ich hab einen Mordshunger.«

»Überraschung.«

Es gab gebratene Wachteln auf Belugalinsensalat und Balsamico-Jus. Ein Gericht, das toll klang, noch besser aussah und schmeckte, aber relativ einfach zuzubereiten war.

Martin hätte – und wenn sein Leben davon abgehangen hätte – nichts anderes als Spaghetti mit Tomatensoße zustande gebracht – was einerseits erstaunlich war, denn wir waren ohne Mutter aufgewachsen, und da sollte man meinen, dass es essenziell war, früh kochen zu lernen. Andererseits war es wiederum nicht so überraschend, denn mein Bruder und ich waren in ausnahmslos allen Bereichen des Lebens so unterschiedlich, wie man nur sein konnte, und so hatte ich schon früh für uns den Part des Kochens übernommen, wenn unser Vater nicht da war. Während Martin eher damit beschäftigt war, schlecht in der Schule zu sein, mit seinen Kumpels bei der Hütte am See herumzulungern und in alle möglichen Schwierigkeiten zu geraten.

»So, setzt euch. Rotwein?«

»Hast du ein Bier?«, fragte Martin.

Ich verdrehte die Augen. »Du willst dir wirklich einen Domaine de l'Arjolle aus dem Languedoc entgehen lassen? Ein Cabernet von 2013?«, fragte ich und begann einen kleinen Vortrag, um Martin ein wenig zu ärgern. »Schwarze Früchte wie Cassis und Wacholderbeeren treffen auf Rumtopf und eine sanfte Vanillenote. Der Ausbau im Barrique ist für intensive Röstaromen in diesem Wein verantwortlich. Ätherisch-frisch, saftig und stoffig im Mund.«

Er sah mich kopfschüttelnd an. »Stoffig! Na gut, dann …«

Ich klopfte ihm auf die Schulter.

»Natürlich hab ich Bier besorgt, was denkst du denn?«

Martin sah mich dankbar an.

»Anna, und du?«

»Ich hätte sehr gerne ein Glas Rotwein, danke dir, Gregor.«

Ich blickte Martin vielsagend an.

»Ah, ich hab noch was«, sagte Martin, erhob sich, ging zu seinem Rucksack und zog eine Schallplatte heraus.

»Du gestattest doch?« Er nahm den Rachmaninow vom Plattenteller und legte seine Platte darauf.

»Das ist jetzt nicht dein Ernst?«, sagte Anna. »Du ermittelst in einem Mordfall, schaffst es kaum rechtzeitig hierher und hast noch die Zeit, morgens eine Schallplatte einzupacken?«

Ich musste grinsen.

Martin zuckte mit den Schultern. »Ich kann dieses düstere Zeug einfach nicht hören, ich weiß doch, was bei Gregor immer läuft. Mein Job ist düster genug.«

Mich überraschte das nicht. Martin war immer schon ein Musikfanatiker gewesen. Er konnte richtig aggressiv werden, wenn im Radio ein falsches Lied lief und er nicht umschalten konnte.

Er hatte sogar mal einen Ferienjob in einer Fabrik gekündigt, weil in seiner Abteilung immer Radio lief und er nichts dagegen tun konnte.

»Weißt du, was der vor Kurzem getan hat?«, fragte Anna.

»Ich kann es mir denken.«

»Das kannst du nicht, das schießt den Vogel ab. Wir stehen in der Küche, und der verbietet mir den Mund, weil im Radio ein Lied von Prince läuft.«

Martin warf die Hände in die Luft. »Der inoffizielle King of Pop singt, und die Frau quasselt dazwischen, das gibt es doch nicht.«

Anna schüttelte den Kopf.

»Es ist ja nicht so, als hättest du nicht gewusst, worauf du dich da einlässt«, sagte ich und servierte den beiden das Gericht.

»Da hast du allerdings recht«, sagte sie lächelnd. »Ich hatte gerade einen Gedanken: Eine Kombination aus euch beiden wäre der perfekte Mann.«

Wir Brüder grinsten dümmlich. Ich konnte mir denken, was sie damit meinte. Martin hatte mit seiner hemdsärmeligen Art und seinem rauen Charme immer schon Mädchen und Frauen für sich eingenommen. Ausnahmslos alle Beziehungen scheiterten jedoch früher oder später. Ich vermutete, jede Frau, die sich für ihn interessierte, glaubte, sie könne diejenige sein, die ihn zu bändigen vermochte. Die domestizierte Version von Martin, die sich für Kochen, Kleidung und Kultur interessierte, das war ich. Nur war ich neben ihm immer unsichtbar gewesen. Sie hatten mich gar nicht gesehen. Rosa war die Erste gewesen.

Im Hintergrund erklang eine Musik, wie sie mir noch gut aus unserer Jugend in Erinnerung war. So etwas drang ständig aus Martins Zimmer. Furchtbar. Seelenlos. Maschinell.

»Depeche Mode, *Violator*«, sagte er. »Mittlerweile auch ein Klassiker. Könnte sogar dir gefallen, wenn du nicht so verbohrt und engstirnig wärst und dich mal auf etwas anderes einlassen würdest.«

Ich hörte kurz zu. Nein, eher nicht.

»Und, wie macht sich deine neue Assistentin?«, fragte ich und war selbst ein wenig überrascht von dieser Frage.

Martin auch, so wie er mich ansah. »Sagen wir so: Ich kann mir vorstellen, warum sie im Labor anfing.«

»Wieso?«, fragte Anna.

»Na ja, sie ist ein wenig nerdig. Fast autistisch. Redet wenig und arbeitet wie ein Tier. Ich weiß nicht, wann die jemals schläft. Und der Witz ist, je später es wird, desto mehr dreht sie auf. Nachtaktiv, sagt man da wohl.«

»Wie läuft's denn überhaupt mit euren Mordfällen?«, fragte ich möglichst beiläufig.

Martin war bei der zweiten Portion angelangt, Anna hatte bereits ihre Hand auf die seine gelegt, um ihn davon abzuhalten, das Essen, wie es so seine Art war, nahezu ohne zu kauen, zu inhalieren.

»Riesenscheiße«, sagte Martin kauend, »also Riesensache«, korrigierte er sich mit Seitenblick auf Anna.

»Wir tappen noch völlig im Dunkeln. In dem Park treibt sich ja nachts allerhand Gesindel rum, und dann ist das auch ein traditioneller Schwulentreffpunkt. Da kann alles Mögliche dahinterstecken. Raubüberfall, Drogen, Schwulenhass. Wir ermitteln in alle Richtungen.«

»Und das bei uns«, sagte Anna. »Ist Freiburg also

jetzt auch eine Stadt, in der Leute umgebracht werden?«

»Kann überall passieren«, sagte Martin lapidar. »Und so harmlos ist Freiburg auch wieder nicht. Hat immerhin die höchste Verbrechensrate in Baden-Württemberg. Allein die nächtlichen Gewalttaten in der Innenstadt nehmen jedes Jahr zu. Da kann man fast nicht mehr alleine unterwegs sein. Und Morde gab es dann doch auch einige in letzter Zeit …«

»Furchtbar.« Anna schauderte sichtlich.

»Zum Glück unterrichte ich an einem Gymnasium«, sagte ich lauernd, »da ist die Welt noch in Ordnung.«

»Das denkst du.« Martin schüttelte den Kopf. »Da geht es auch ganz schön rund. Vandalismus, Minderjährige und Alkohol und Drogen. Was glaubst du, was die Kollegen jedes Wochenende Jugendliche aufgreifen, auch aus sogenanntem gutem Haus. Wahrscheinlich auch Schüler von dir dabei. Kriegst du vielleicht gar nicht so viel mit davon, weil die oft nicht aktenkundig werden. Bis wegen solcher Delikte die Staatsanwaltschaft aktiv wird, das kann dauern. Da kann einer vier-, fünfmal von der Polizei aufgegriffen werden, ohne dass etwas passiert. Vor allem, weil die Eltern das ja oft völlig ignorieren. Die lachen einen eher noch aus, wenn man da anruft.«

Ich dachte darüber nach, wie wenig man als Lehrer

von dem mitbekam, was sich wirklich an der Schule zutrug. Als wäre man im toten Winkel, ganz nah dran, aber man sah trotzdem nichts. Oder wie in einem Hemingway-Roman. Das meiste spielte sich unter der Oberfläche ab.

»Und was passiert jetzt mit den Morden im Park?«, fragte ich nach einer Weile.

»Es werden alle verfügbaren Kräfte eingesetzt, um den oder die Täter zu finden.«

»Und wie findet man den?«

»Irgendetwas hat er am Tatort zurückgelassen. Tut jeder. Wir müssen es bloß finden. Alles wurde eingesackt, Sträucher geschnitten, Blätter, Gras, Kiesel. Irgendwo hat er ein Haar, eine Faser, Hautpartikel verloren. Dutzende Leute machen jetzt nichts anderes, als danach zu suchen. Dann Überwachungskameras von Straßenbahnen und so. Wie kam der an den Tatort? Taucht da einer vor der Tatzeit immer wieder auf den Aufnahmen auf? Das ist die Ermittlungsarbeit. Total langweilig. Nicht wie im *Tatort*. Aber so werden heute die meisten Täter überführt.«

Ich trank einen Schluck Wein. Sosehr ich mit der Zeit, in der ich lebte, haderte, in einigen Bereichen war der technische Fortschritt beeindruckend und hilfreich, das musste selbst ich anerkennen.

»Was weiß man denn über die Toten?«, fragte Anna.

Ich vernahm diese Frage mit Bestürzung. An die Ermordeten hatte ich bisher überhaupt nicht gedacht.

Martin trank von seinem Bier.

»Zwei junge Männer um die zwanzig. Kein Migrationshintergrund. Mehr weiß man momentan noch nicht. Ich tippe auf irgendwas mit Drogen.«

Ich nickte und zählte bis fünf, bevor ich die nächste Frage stellte. »Und mein Kollege Menzel? Wieso wurde das so schnell eingestellt?«

Martin zuckte mit den Schultern. »Momentan weist alles auf Selbstmord hin. Keine Hinweise auf Fremdeinwirkung. Wir haben schon ein paar Haare und Fasern aus dem Turmzimmer analysiert, aber das sind so viele verschiedene, da wäre gleich euer komplettes Kollegium verdächtig und die halbe Schülerschaft dazu. Die Colombimorde haben absoluten Vorrang. Weisung von oben. Die wollen nicht, dass die Leute sich nicht mehr sicher fühlen in der Stadt. Da geht es um eine Menge mehr. Tourismus. Gastronomie. Was weiß ich.«

Bei seinen Worten »Weisung von oben« horchte ich auf und dachte an von Bülow und den Polizeipräsidenten.

»Aber was glaubst du selbst?«, fragte ich.

»Ich glaube an Prince, Depeche Mode und Ultravox, das weißt du doch.«

Anna verdrehte spielerisch die Augen.

»Nein, im Ernst«, fuhr er fort, »ich finde das auch nicht gut, aber in den letzten Jahren wurde einfach zu viel gespart. Wir sind für zwei oder vielmehr drei Mordfälle total unterbesetzt. Wir müssen wohl allein für die Colombimorde schon Hilfe von anderswo anfordern. Uns fehlen lauter Leute fürs Alltagsgeschäft. Gestern gab es eine gemeldete Vergewaltigung in einer Studentenverbindung in der Wiehre. Weißt du, was passiert? Gar nichts. Keine Leute. Ich fürchte, dein Kollege Menzel fällt auch diesem Personalmangel zum Opfer, zumal es einfach keinen Hinweis auf Fremdeinwirkung gibt.«

»Aber das ist doch Wahnsinn!«, sagte ich. »Das kann doch nicht sein.«

»Ich weiß.« Martin trank von seinem Bier.

»Wie kannst du damit leben? Es gibt so viele andere Möglichkeiten, was da passiert sein könnte. Bist du nicht bei der Kripo, weil du an der Wahrheit interessiert bist?«

»Die Wahrheit ...«, sagte er und lachte bitter. »Wir leben im einundzwanzigsten Jahrhundert. Was ist denn die Wahrheit? Es hat doch jeder seine eigene.«

Und genau das glaubte ich nicht. In *Mord im Orientexpress* hat Poirot einen interessanten Satz gesagt, der mir in dem Moment einfiel: *Es gab richtig und es gab falsch. Es gab aber nichts dazwischen.*

»Kannst du dich noch an das Rätsel erinnern, das Papa uns einmal aufgegeben hat?«, fragte ich.

Ich hatte mit Martin nie über diese Sache gesprochen, die mich so viele Jahre verfolgt hatte. Meine Theorie war immer gewesen, dass diese Geschichte der Auslöser war, warum Martin zur Kriminalpolizei ging.

Er starrte mich ausdruckslos an, dann schüttelte er den Kopf.

»Der hängende Mann in dem Zimmer? Die Pfütze am Boden.«

Er lachte und winkte ab. »Ach das. Daran denkst du noch? Das ist doch ewig her.« Er sah Anna an, die uns ernst beobachtete. Es schien ihn damals nicht groß beeindruckt zu haben. Aber er hatte es sich gemerkt.

»Ich glaube jedenfalls«, sagte ich nach einer Weile, »es gibt immer eine Wahrheit. Immer eine Lösung für jedes Rätsel. Auch wenn man sie nicht kennt: Sie ist trotzdem da.«

»Und genau da irrst du dich, Bruder«, sagte Martin. »Bei uns ist die Wahrheit abhängig von Politik und Geld. Wie überall sonst auch. Und momentan heißt das einfach, der eine Fall ist abgeschlossen, damit sich alles auf den anderen Fall konzentrieren kann.«

»Das ist unfassbar, wie kannst du da mitmachen?«

»Ermittle du doch. Vielleicht findest du was raus.« Er lachte. Dann leerte er sein Glas in einem Zug.

Aus den Lautsprechern erklang ein Lied, das ich

schon mal irgendwo gehört hatte. Der Sänger sang von einem *Personal Jesus*. Martin wippte mit dem Kopf mit und sah mich an, ob ich in irgendeiner Form reagierte. Es gefiel mir. Aber das zeigte ich natürlich nicht zu deutlich. Bei Martin musste man aufpassen. Er sollte nicht glauben, dass ich nun mit einem Mal alles goutierte, was er mochte.

»Wer oder was ist dein persönlicher Jesus?«, fragte ich stattdessen.

Er sah mich eine Weile ernst an.

Ich wusste, dass es seine Tochter Marie war, Marie, die er in Hamburg bei ihrer Mutter zurückgelassen hatte, nachdem sie und Martin sich getrennt hatten. Weil ihm das täglich das Herz brach, würde er ihren Namen nicht nennen. Das Nächste, was er antworten wollen würde, wäre *Musik*. Das tat er aber nicht, weil er stattdessen »Anna« sagte, die ihn eben noch gespannt angesehen hatte und nun lächelte. Er war ein Verrückter, aber eben auch ein guter Mann. Er wusste, was sich gehörte, dachte ich und lächelte.

»Und deiner?«, fragte Anna mich. Ihre Frage erwischte mich auf dem falschen Fuß. Was immer ich sagen wollte, Literatur, Kunst, Schönheit, guter Wein, gutes Essen, es kam mir alles abgeschmackt vor, und die Worte zerfielen mir im Mund, bevor ich sie aussprechen konnte. Tatsache war, ich wusste nicht, was ich antworten sollte.

Aber dafür wusste ich etwas anderes. Ich würde Martins scherzhaft gemeinten Vorschlag annehmen. Ich würde ermitteln. Und – das war mir in diesem Moment klar – diesmal würde ich die Wahrheit herausfinden.

15.

Freitag

Mein morgendliches Schattenboxen half mir, die Welt besser zu verstehen. Das Gefühl kam mir zwischendurch immer wieder abhanden, aber je tiefer ich mich in den Fall Menzel verstrickte, desto mehr sah ich die Parallelen zwischen der Philosophie des Tai-Chi und dem, was hier passierte, nämlich wie meine Handlungen die Wirklichkeit beeinflussten und diese wiederum auf mich zurückstrahlte.

Als ich an diesem Morgen das Sekretariat betrat, kam ein Mann aus Dr. Krolls Büro, der mir bekannt vorkam. Ich ihm offenbar auch, denn er zwinkerte mir zu.

»Herr Horvath, schön, Sie zu sehen, hätten Sie eine Minute? Begleiten Sie mich doch bitte zu meinem Auto.«

Seine Bitte klang eher wie eine Aufforderung. Ich hatte nicht den Eindruck, dass es für ihn denkbar war, dass ich ablehnen könnte. Aber das wollte ich sowieso nicht, dazu war ich viel zu neugierig geworden. Ich hatte Blut geleckt.

»Mölders mein Name«, sagte er, ohne mir die Hand

zu geben. »Sie unterrichten meinen Sohn Dennis in Deutsch.«

Aha, dachte ich, der Herr Mölders. Das war ja ein schicker Zufall.

»Guten Tag, freut mich.«

Er sah mich an.

»Wir sind uns kürzlich begegnet. Sie wissen schon.«

Er zeigte in Richtung Turm. Da fiel es mir wieder ein. Er hatte neben von Bülow gesessen. Wenn mich nicht alles täuschte, war er es auch gewesen, der sich mit von Bülow dieses Wortgefecht geliefert hatte, kurz bevor ich eingetreten war. Zumindest hatten beide Männer so ausgesehen, als müssten sie erst ihre Contenance wiederfinden. Auf jeden Fall war der Mann, den Corinna Menzel ausdrücklich mit Namen genannt hatte, auch Mitglied im *Sodalicium*. Hochinteressant.

»Wie Sie ja wissen, ist mein Sohn Dennis bisher nicht allzu gut weggekommen in Ihrem Unterricht.«

Das war eine originelle Formulierung, dachte ich. Man konnte auch sagen, er war vollkommen desinteressiert und intellektuell überfordert, was sich in oberstufenunangemessenem Pubertärverhalten niederschlug.

»Nun«, fuhr er fort, »da wir ja quasi, also, so gut wie, miteinander verbunden sind. Es ist ja noch etwas Zeit bis zu den Halbjahreszeugnissen. Was könnten wir tun, damit die Noten meines Sohnes besser werden? Meinen Sie, uns fällt da etwas ein?«

Wir waren bei seinem schwarzen BMW angekommen, dessen Türen er mit lässigem Klicken auf den Schlüsselbund öffnete. Er nickte mir zu, gab mir erneut nicht die Hand und stieg in seinen Wagen.

So, nun war es mir ebenfalls passiert. Auch wenn Mölders sein Anliegen in Form von Fragen gekleidet hatte, war die Absicht doch völlig klar. Dass ich sein Gesuch ablehnen könnte, war hier nicht vorgesehen. Ein Mann wie Mölders schien es nicht gewohnt, dass sich die Dinge nicht nach seinen Vorstellungen regelten. Was würde geschehen, wenn ich nicht kooperierte? Würde er mir auch diesen Schulanwalt auf den Hals hetzen? Man las ja immer öfter, wie sich juristische Schritte gegen Lehrer häuften, wie Machbarkeitseltern ihre Methoden, mit denen sie beruflich erfolgreich waren, für ihre Kinder anwandten, wie Anwälte erfolgreich Noten oder nicht bestandene Prüfungen anfochten. Bisher war ich davon verschont geblieben. Glaubte Mölders, dass meine potenzielle Aufnahme ins *Sodalicium* es ihm leichter machen würde, mich unter Druck zu setzen? Oder hatten die beiden Dinge nichts miteinander zu tun?

Die Ereignisse der letzten Tage, die Vorträge der Schüler, das Gespräch mit Martin und der Vorfall mit Mölders hatten in mir nicht nur das Interesse geweckt, all diesen Fragen nachzugehen. Nein, ich hatte im Laufe der letzten Tage auch einen Plan geschmiedet. Ermittle du doch, hatte Martin gesagt. Genau das würde ich tun. Und ich würde alles in Erwägung ziehen, auch, dass Menzel ermordet worden war.

Und bei alledem hatte ich immer mehr das Gefühl, es ging dabei nicht mehr nur um Menzel. Es ging um etwas Größeres.

16.

Es gibt zwei Personen an jeder Schule, mit denen ein gutes Verhältnis essenziell ist. Wichtiger noch als der Schulleiter oder das Kollegium, von den Schülern ganz zu schweigen, sind die Sekretärin und der Hausmeister. Unsere Sekretärin, Frau Schwan, konnte recht übellaunig sein, und wenn sie einen Kollegen nicht mochte, ließ sie ihn das durchaus spüren. In der Regel hatte derjenige sich das selbst eingebrockt. Zu forderndes oder rechthaberisches Auftreten konnte dazu führen, dass Frau Schwan *vergaß,* Nachrichten weiterzuleiten, oder sich die Versendung einer eiligen Bücherbestellung auf unbestimmte Zeit verzögerte.

Wenn sie einem gewogen war, war sie hingegen durchaus bereit, auch ohne Termin für Einlass bei Kroll zu sorgen, suchte geduldig Elternadressen heraus und tat einem jeden Gefallen.

Ich hatte herausgefunden, dass sie Toffifee mochte, und brachte ihr hin und wieder eine Packung mit. Dies kam mir an diesem Nachmittag zugute. Ich wollte alte Notenlisten durchsehen, um der Theorie über einen ehemaligen Schüler nachzugehen, der möglicherweise eine Rechnung mit Menzel offen hatte. Vielleicht würde ich etwas herausfinden können, über Nichtversetzungen, Klassenbucheinträge, Abiturergebnisse.

»Frau Schwan«, begrüßte ich unsere Sekretärin strahlend, als ich ihr Büro betrat, »an einem Freitagnachmittag noch Dienst, wie lange müssen Sie denn noch?«

Sie lächelte, sah auf die Uhr und seufzte. »Ich muss noch ein paar Eintragungen beenden, so eine halbe Stunde etwa.«

Das war wenig, dachte ich, aber besser als nichts.

»Ich hätte eine Bitte. Ob Sie mir wohl kurz den Schlüssel fürs Archiv ausleihen könnten?«

Sie zog verwundert die Augenbrauen hoch. »Sie wissen aber schon, dass das nicht ganz rechtens wäre. Dieser Raum ist eigentlich der Schulleitung oder mir vorbehalten. Was hätten Sie denn da unten zu tun?«

»Ich habe eine kleine Erhebung geplant. Wissen Sie, ich bin es leid, immer wieder Kollegen zu hören, die behaupten, dass das Abiturniveau immer weiter sinke und die Noten dennoch immer besser würden. Da ich nicht mehr alle Abiturunterlagen der letzten Jahre zu Hause vorliegen habe, würde ich gerne meine Listen aus der Vergangenheit einsehen, um mir davon ein Bild machen zu können.« Ich machte eine Kunstpause.

»Und so kann ich diese Klagen der Kollegen künftig argumentativ besser parieren.«

Ich sah sie gespannt an. Die Geschichte war hanebüchen. Andererseits, man konnte sich schon Lehrer vorstellen, die auf solche Ideen kamen. Frau Schwan offenbar auch.

»Nun, das ist zwar ungewöhnlich, aber Dr. Kroll …«, sie blickte sich verschwörerisch um, »… ist bereits im Wochenende, und Sie werden ja wohl niemandem davon erzählen, oder?«

»Niemals«, sagte ich ebenso verschwörerisch und nahm den Schlüssel an mich, den sie mir entgegenhielt.

Ich eilte in den Keller und schloss die Tür zu dem ominösen Raum auf, den ich nie zuvor betreten hatte. Hier lagerten alte Klassenbücher, Schulakten und Abiturarbeiten aus den letzten Jahrzehnten.

Ich machte mich auf die Suche.

Was ich fand, war so spannend, dass ich die Zeit vergaß. Ich begegnete lange vergessenen Namen, und die dazugehörigen Gesichter tauchten vor meinem geistigen Auge auf. Unterrichtssituationen und Klassenfahrten fielen mir ein, und ich fragte mich, was aus all den Leuten wohl geworden war.

Tatsächlich fand ich in einer Liste einen ehemaligen Schüler, der vor zwei Jahren Abitur gemacht hatte, Johannes Ritter, auf den besagte Theorie voll zuzutreffen schien. Er hatte in allen Fächern Einsen gehabt – außer in Mathe und Physik. Und laut Abizeitung hatte er schon seit der Unterstufe Medizin studieren wollen. Als Vorbilder nannte er in der Zeitung Robert Koch und Wilhelm Konrad Röntgen, womit er sich deutlich von seinen männlichen Altersgenossen unterschied, die Sebastian Vettel, Ronaldo oder Farid Bang genannt hatten. In Mathe und Physik war zuletzt Michael Menzel sein Lehrer gewesen. Die Mädchen-Mölders-Gruppe hatte in der Präsentation etwas von einem Medizinstudium erwähnt, vielleicht hatten sie sogar diesen konkreten Schüler im Sinn.

Ich prägte mir die in den Akten vermerkte Adresse von Johannes Ritter ein, stellte die Unterlagen zurück in ihren Schrank, schloss sorgfältig ab und brachte Frau Schwan, die gerade im Begriff war, das Sekretariat zu verlassen, den Schlüssel zurück.

Dann machte ich mich auf zu Johannes Ritters Adresse in St. Georgen, einem stadtnahen und doch dörflich wirkenden Stadtteil, und hoffte, zumindest seine Eltern würden noch dort wohnen.

Auf mein Klingeln öffnete eine sehnige Frau zwischen fünfzig und sechzig die Tür.

»Guten Tag. Frau Ritter?«

»Ja?«, sagte sie zögerlich und musterte mich skeptisch.

Ich hatte mir keine klare Vorstellung davon gemacht,

wie dieses Gespräch verlaufen sollte, und mir blieb keine andere Wahl, als zu improvisieren.

»Horvath, Schumann-Gymnasium, sind Sie die Mutter von Johannes?«

Wieder bejahte sie, immer noch spürbar argwöhnisch.

»Ich war eine Zeit lang Johannes' Deutschlehrer«, sagte ich, was nicht stimmte, aber theoretisch hätte stimmen können.

»Ach«, sagte Frau Ritter.

»Ja, wir hatten einen guten Draht, ich war gerade in der Gegend und dachte, ich klingle einfach mal und frage, wie es ihm geht.«

Das mit dem guten Draht war heikel, normalerweise müsste eine Mutter so etwas natürlich wissen. Ich hoffte, Johannes gehörte zu den nicht so selten vorkommenden jungen Männern, die zu Hause so gut wie nichts von der Schule erzählen.

»Ach, das ist ja nett«, sagte Frau Ritter eilfertig. »Kommen Sie doch kurz rein. Wollen Sie ein Ingwerwasser?«

Meine Strategie schien aufzugehen. Sie schöpfte keinen Verdacht.

Das Ingwerwasser lehnte ich dankend ab.

»Johannes ist nicht da. Er arbeitet. Macht eine Ausbildung zum Rettungssanitäter«, sagte Frau Ritter.

Im Flur hingen zwei gerahmte Fotos. Eines mit Familie Ritter, Johannes war darauf noch ein Kind, daneben ein weiteres mit einem Mann, offenbar Herrn Ritter, der darauf im Arztkittel posierte.

»Ihr Mann?«, fragte ich. »Wollte Johannes nicht auch Medizin studieren?«

Frau Ritters Blick verdüsterte sich für einen Moment. »Ja, mein verstorbener Mann. Hatte einen Unfall, als Johannes in der dritten Klasse war. Er war Chefarzt an der Uniklinik. Chirurg.«

»Das tut mir leid.«

Sie sah das Bild ihres Mannes eine Weile nachdenklich an, dann gab sie sich einen Ruck und sagte: »Kommen Sie mit, ich möchte Ihnen etwas zeigen.«

Sie öffnete eine Zimmertür und führte mich hinein. Es war offenbar das Zimmer ihres Sohnes.

»Mein Sohn wird es mir nachsehen, dass ich seinem ehemaligen Lehrer sein Zimmer zeige. Sehen Sie sich ruhig um.«

In dem Zimmer hingen etliche Poster von Fernsehserien rund um das Thema Krankenhaus und Medizin sowie von berühmten Medizinern, ein Regal war voller Bücher und DVDs zum selben Thema: *Der Medicus, Der englische Patient, The Knick, Scrubs, Charité, Grey's Anatomy, Dr. House*. Dazwischen Fotos von seinem Vater. Es war eindeutig, Johannes Ritter interessierte sich mehr als nur ein wenig für das Thema Medizin, das grenzte an Besessenheit.

»Johannes wollte schon in der Grundschule Arzt werden«, sagte sie, »wie sein Vater. Sein großes Vorbild.«

»Ich erinnere mich, dass das sein Wunsch war.«

»Es ist tragisch«, sagte Frau Ritter wehmütig, »alles lief so gut, er war immer so ein guter Schüler, und dann bekam er in der Oberstufe diesen neuen Lehrer, Herrn Menzel«, sie betonte Menzels Namen auffällig, »und plötzlich hatte er zwei Fächer, in denen er einfach nicht auf eine Eins kam. Er war in der Zehnten noch so gut in Physik gewesen, deshalb hatte er es auch vierstündig gewählt, zusammen mit Biologie natürlich, und dann das. Er wusste, er brauchte den bestmöglichen Abischnitt, selbst eine Eins Komma null reicht ja nicht für Medizin, man braucht heute sogar eine Null Komma neun oder besser. Wie das überhaupt gehen soll, war mir sowieso nie ganz klar, aber das war es, was er immer erzählte, er redete von nichts anderem mehr, nahm Nachhilfe und alles, aber es hat nichts genutzt. Wissen Sie, ich will nichts Schlechtes über Ihren Kollegen sagen«, sie rang nach Worten, »nach dem, was passiert ist. Aber das war wirklich ein Unmensch. Johannes hat versucht, mit ihm zu reden, ich auch, doch da war nichts zu machen. Der war wie Granit. Johannes wurde immer verzweifelter, lernte Tag und Nacht und hatte dann während der Klausuren Blackouts.«

Ich war immer ein wenig skeptisch beim Thema

Blackouts bei Klassenarbeiten und Klausuren. Man hörte diese Erklärungen oft von Schülern und Eltern, wenn die Noten nicht ganz so waren, wie sich das alle Beteiligten vorstellten: »*Wissen Sie, eigentlich kann er es, aber in der Klassenarbeit ist dann alles wie weg.*« Doch im Fall von Johannes Ritter war wirklich auffällig, dass die Noten bis zur Kursstufe auch in den fraglichen Fächern, Menzels Fächern, sehr gut gewesen waren und dann mit einem Mal nicht mehr, während sie es in allen anderen Fächern blieben.

Ich hatte das Gefühl, in Frau Ritter hatte sich eine Menge angestaut, und sie war froh, all das jemandem sagen zu können.

»Jedenfalls«, fuhr sie fort, »hat es dann nur zu einem Schnitt von eins Komma vier gereicht, und das war nicht genug für einen Studienplatz in Medizin. Er wartet jetzt seit zwei Jahren und muss wahrscheinlich noch zwei bis drei Jahre dranhängen. So richtig erschließt sich die Platzvergabe einem Außenstehenden ja nicht. Verstehen Sie mich nicht falsch, Rettungssanitäter ist ein ehrenwerter Beruf, aber das ist einfach nicht das, was wir uns, also, was er sich vorgestellt hatte.«

Frau Ritter konnte gar nicht mehr aufhören zu reden. Zum Glück für sie hatte sie in mir einen sehr interessierten Zuhörer.

»Beim Medizinertest hatte er wieder einen Blackout,

und Privatuni oder Österreich können wir uns nicht leisten. Wissen Sie, ich bin seit dem Tod meines Mannes alleinerziehend. Ich versuche seither, das Haus zu halten, wollte immer für Johannes da sein. Es ist nicht leicht.«

Sie blickte auf eines der Porträts ihres verstorbenen Mannes, und mit einem Mal erschloss sich mir das gesamte Bild.

Johannes sollte in die Fußstapfen seines Vaters treten. Und es war gar nicht mal gesagt, ob das alles wirklich sein eigener oder viel eher der Wunsch seiner Mutter war. Daher vielleicht auch die Versagensängste bei Prüfungen.

Sie bugsierte mich aus dem Zimmer ihres Sohnes.

»Es tut gut, einmal mit jemandem darüber reden zu können.«

Ich nickte verständnisvoll.

»Johannes geht es nicht besonders gut. Er leidet sehr unter der Situation.«

Frau Ritter starrte schweigend ins Leere. Seine Mutter aber auch, dachte ich. Nach einer Weile unbehaglichen Wartens beschloss ich, das Ganze zu beenden. Ich hatte genug gehört. Ein richtiger Kommissar hätte nun nach Johannes' Alibi gefragt, aber das konnte ich natürlich nicht tun.

»Ich danke Ihnen«, sagte ich, »dass Sie mir das alles erzählt haben. Mir war das nicht bewusst.«

»Johannes wird sich sicher freuen, dass Sie ihn besuchen wollten.«

Nun, das glaube ich nicht, dachte ich und verabschiedete mich.

Eines war klar, überlegte ich, als ich den Gehweg betrat: Johannes Ritter hatte ebenso wie seine Mutter ein Motiv, beide waren unbedingt Verdächtige. Ich hätte ein Haar mitnehmen sollen, fiel mir in dem Moment ein. Hercule Poirot hätte an so etwas gedacht! Auch wenn ich neu war in diesem Metier, so etwas durfte nicht passieren. Ich würde effizienter werden müssen.

Ich sah einen Bus, der in Richtung Innenstadt fuhr, und erwischte ihn gerade noch. Beim Bahnhof stieg ich aus und schlug, einer Laune folgend, den Weg zur letzten Videothek der Stadt ein. Kürzlich hatte es sogar einen Zeitungsartikel darüber gegeben, wie die Videotheken eine nach der anderen zugemacht hatten und nur noch ein einziger Besitzer in der gesamten Freiburger Region ums karge Überleben kämpfte, weil niemand mehr das Haus verließ, um sich einen Film auszuleihen. Ich wollte nachsehen, ob es zufällig diesen Film *Spurlos verschwunden* gab, von dem Merlin berichtet hatte. Ich mochte das Geschäft. Die Regale mit den Filmhüllen. Ein Gespräch mit dem Besitzer, einem netten Kerl und Filmfreak, der gute Tipps für unentschlossene Kunden parat hatte. Er wolle kämpfen, meinte er, er halte die Stellung.

Ich wollte die Tür zur Videothek aufdrücken, doch sie war verschlossen. Da erst bemerkte ich, dass das Schild mit den Öffnungszeiten entfernt worden war, trat einen Schritt zurück und blickte nach oben zu den sonst um diese Zeit hell erleuchteten Fenstern. Sie waren dunkel.

Ein schweres Gefühl der Leere hüllte mich ein. Es war lächerlich. Es hatte sich abgezeichnet. Niemanden interessierte es, dass dieses Geschäft nun geschlossen hatte. Und doch machte es mich unfassbar traurig. Es bezeugte das Ende von etwas. Der Videomann hatte aufgegeben. War weitergezogen. Machte jetzt etwas anderes. Niemand brauchte ihn mehr. Wie ein Wagner oder ein Küfer war er ein Relikt der Vergangenheit geworden; etwas, das es früher einmal gab.

17.

Vermutlich war es ungewöhnlich, dass ein Lehrer seine Schüler zum Essen einlud. Mir fielen nicht viele Kollegen ein, die so etwas tun würden. Buschmann wahrscheinlich. Ich erinnerte mich daran, wie toll ich als Kind den Justus in *Das fliegende Klassenzimmer* gefunden hatte. Und natürlich war auch die Hauptfigur in *Der Club der toten Dichter*, der Lehrer John Keating, jemand, dem man unbedingt nacheifern wollte. So ein Lehrer wollte man sein. Und natürlich, dachte ich mir, luden solche Lehrer ausgewählte Schüler zu sich zum Essen ein, um etwas Wichtiges zu bereden.

Die Mitglieder der Viererbande betraten pünktlich meine Wohnung und sahen sich um.

»Herr Horvath, wenn ich Ihre Wohnung hätte zeichnen müssen«, sagte Lucy, »hätte ich sie genauso aufs Papier gebracht.«

»Ist das ein gutes oder ein schlechtes Zeichen?«, fragte ich.

»Sie sind so berechenbar in Ihrer Andersartigkeit«, sagte Lucy und grinste.

Tim und Tarik hatten die Plattensammlung entdeckt und durchstöberten sie.

»Cool, Vinyl«, sagte Tim, und die beiden zogen einzelne Platten heraus, um sie zu inspizieren. Charlotte und Lucy standen derweil vor meinem Bücherregal, das eine ganze Seitenwand bis zur Decke einnahm. Ich besaß viele teure Sondereditionen klassischer Literatur, teilweise Antiquitäten, Ausgaben aus dem achtzehnten und neunzehnten Jahrhundert, die sie ehrfürchtig betrachteten.

»Machen Sie es sich bequem, das Essen ist gleich fertig«, sagte ich und ging in die Küche.

Es gab Gemüse-Tatar mit Ricottacreme. Bei Gemüse und Fleisch war es wichtig, dass man nichts davon im Supermarkt kaufte, ebenso bei Essig und Öl. Im Supermarkt konnte man zum Klang von Panflöten Spülschwämme kaufen oder Zahnpasta, aber Nahrungsmittel durften nicht aus Spanien kommen und in Plastik eingeschweißt sein. So etwas zu verzehren war, wie schon einmal benutzte Teebeutel wiederzuverwenden.

Lucy beugte sich über die Theke, die Wohnzimmer und Küche voneinander trennte.

»Wieso haben Sie eigentlich keine Frau?«, fragte sie. »Sie können kochen, haben Geschmack, sind intelligent.«

»Sagen Sie es mir«, sagte ich und dachte wehmütig

an Rosa, die mich auf den Tag genau vor sechs Monaten verlassen hatte.

»Hmm.«

»Eben. Setzen Sie sich, Essen ist fertig.«

Als alle etwas auf dem Teller hatten, sagte ich: »Schön, dass Sie da sind. Ich habe das Gefühl, wir haben einiges zu besprechen.«

Sie sahen mich gespannt an.

»Die Sache mit Menzel lässt mich nicht los«, begann ich, »die Deutschstunde gestern hat ihren Teil dazu beigetragen. Das waren gute Ideen, die da vorgetragen wurden. Ideen, die es, finde ich, wert sind, dass man sich mit ihnen befasst. Die Polizei geht momentan von einem Selbstmord aus, und nach meiner Information wird sich daran auch nichts ändern.«

»Aber wieso Selbstmord?«, fragte Tarik. »Wie kommen die darauf, gibt es einen Abschiedsbrief oder sonst einen Hinweis?«

»Eben nicht. Letztlich hat der Doppelmord im Colombipark dafür gesorgt, dass auch niemand mehr danach sucht. Außer uns.«

»Wie gut haben Sie ihn denn gekannt?«, fragte Charlotte.

»Es geht, ich war nicht sein bester Freund, aber eigentlich kommt mir Selbstmord abwegig vor. Seine Frau ist schwanger. Sein Kind ist auf dem Weg. Das passt nicht zusammen.«

»Vielleicht litt er unter Depressionen«, sagte Charlotte. »Was weiß man denn, was Menschen, mit denen man zu tun hat, so mit sich herumschleppen, ohne dass man etwas davon mitbekommt?«

»Eine Depression könnte auch den fehlenden Abschiedsbrief erklären.« Lucy nickte. »Er hat sich geschämt, konnte nicht erklären, wieso er nicht mehr leben wollte, und hat es schließlich gleich ganz gelassen. Meine Mutter meint, dass das gar nicht so selten vorkommt. Sie warnt mich auch andauernd, es sei möglich, dass sie sich eines Tages ohne Abschiedsbrief das Leben nehme, ich solle mich darauf schon mal vorbereiten.«

Die Schüler sahen betreten auf ihre Teller. Ich beschloss, diese Information über Lucys Mutter zu ignorieren, weil sie zwar tragisch war, uns aber hier nicht weiterführte.

»Bei Menzel«, sagte ich nach einer Weile, »gibt es keine Hinweise auf Depressionen. Wenn er sich wirklich umgebracht hat, wurde er von jemandem dazu getrieben. Und diesen Jemand möchte ich finden. Ich halte es allerdings auch für möglich, dass Menzel umgebracht wurde.«

Alle vier hörten auf zu essen und starrten mich an. Unter den gespannten Blicken der Schüler stand ich auf und holte ein Poster hervor, worauf ich am Nachmittag meine bisherigen Theorien und Verdächtigen notiert hatte. Ich hatte versucht, alle möglichen Szenarien, die in den letzten Tagen zur Sprache gekommen waren, einzubeziehen. Auch die Geschichte, die Corinna Menzel bei der Überbringung der Todesnachricht von ihrem Hauskauf und der verprellten Familie erzählt hatte. Die einzelnen Punkte hatte ich dann mit Klebestreifen wieder verborgen, um die Spannung hochzuhalten. Außerdem lenken zu viele visuelle Reize immer von gesprochenen Inhalten ab, ein großes Problem bei PowerPoint-Präsentationen, wie jeder Lehrer weiß, vor allem, wenn es sich um Rechtschreibfehler oder effekthascherische Folienübergänge handelt, die einen so ablenken, dass man sich nicht mehr auf das gesprochene Wort konzentrieren kann. Bei Konferenzen schloss ich mittlerweile die Augen, wenn sich eine PowerPoint ankündigte.

»Ich würde mit Ihnen gerne die Theorien von gestern durchgehen. Ich möchte hören, was Sie dazu sagen.«

Charlotte und Tarik schauten mich ernst an, Lucy lächelte geheimnisvoll, und Tim rieb sich die Hände und rekelte sich fast behaglich auf seinem Stuhl.

»Schießen Sie los, Mister H«, sagte er.

»Zuerst noch etwas, wovon Sie nichts wissen können.«

Ich berichtete, was Corinna Menzel über die Familie erzählt hatte, die das Haus hatte kaufen wollen.

Dann zog ich den ersten Klebestreifen vom Poster und präsentierte hinter der Nummer 1 den ersten Verdächtigen, den ich »Familienvater mit Haustraum« genannt hatte. Die Reaktion der Schüler blieb verhalten. Das mochte daran liegen, dass ihnen das Thema Hauskauf und Immobilienpreise in ihrem Alter glücklicherweise noch eher fern war.

»Also dann«, fuhr ich fort, »Theorie Nummer zwei: Beziehungstat. Ich fange mit der am wenigsten überzeugenden an. Die Theorie der Mädchen gestern lautete: Frau Menzel hatte eine Affäre. Das Kind sei gar nicht von Menzel, Frau Menzel und ihr Liebhaber hätten Menzel in eine Falle gelockt.«

Während ich sprach, zog ich einen weiteren Klebestreifen vom Poster.

»Was haltet ihr davon?«

»Die Tat geschah im Turm«, sagte Tarik. »Also muss Menzel da freiwillig mit seinem Schlüssel hineingegangen sein. Aus welchem Grund? Und sind seine Frau und ihr Lover gleichzeitig mit ihm hinein? Oder waren sie schon drin? Wenn Letzteres, wie sind sie hineingekommen?«

»Der Lover ist ein Lehrer!«, rief Lucy. »Der hat einen Schlüssel.«

»Vielleicht der Nestroy«, rief Tim.

»Oder Kroll«, ergänzte Lucy, und die beiden begannen abwechselnd Namen zu rufen, je absurder, desto mehr Heiterkeit machte sich breit. Als schließlich noch mein Name fiel, unterbrach ich die lustige Runde.

»Prinzipiell ist die Idee nicht schlecht.«

»Vielleicht ist ja noch eine Lebensversicherung im Spiel«, sagte Tarik.

Ich nickte ihm zu und notierte die letzten Gedanken auf dem Poster.

»Der Grund, warum ich Sie über all das informiere«, sagte ich, »ist, dass ich Sie um Hilfe bitten möchte.«

»Klar, machen wir, oder?« Tim blickte in die Runde.

»Sie wollen an der Polizei vorbei ermitteln?«, fragte Charlotte. »Also an Ihrem Bruder?«, fügte sie hinzu, scharfsinnig, wie sie war. Als ich sie ansah, fragte ich mich, ob sie wohl gegenüber ihrem Vater dichthalten würde über das, was hier heute Abend besprochen wurde. Schließlich würde auch gleich das *Sodalicium* zur Sprache kommen.

»Ich würde es nicht so nennen«, antwortete ich. »Eher so: Die Polizei hat aufgehört zu ermitteln, und ich fange gerade erst an.«

»So wie Sherlock Holmes«, sagte Tim. »Inspektor Lestrade würde ohne den doch keinen einzigen Fall lösen. Der tut ja nur so, als sei er genervt von Holmes, in Wirklichkeit hängt er total von ihm ab. Ist das bei Ihnen auch so?«

»Nun«, murmelte ich, »so weit würde ich nicht gehen.«

»Was können wir tun?«, fragte Tarik.

»Sag ich Ihnen gleich«, sagte ich.

»Was, wenn Menzel die Affäre hatte und seine Frau ihn runtergestürzt hat?«, fragte Charlotte.

»Mit wem soll der denn eine Affäre gehabt haben?« Lucy grinste. »Der hatte doch höchstens eine erotische Beziehung zur Zahl Pi.«

Wir lachten.

»Wie fanden Sie ihn denn so?«, fragte ich.

»Humorlos«, rief Tim.

»Streng«, sagte Lucy. »Absolut unbestechlich. Keine Chance mit Schleimen, Arschkriechen, die üblichen Strategien, nichts hat funktioniert bei dem.«

»Aber sehr kompetent«, ergänzte Charlotte, »fachlich auf jeden Fall, und gelernt hat man auch was.«

»Wenn man eh gut in Mathe war«, sagte Tim. »Geholfen hat er einem nicht, wenn man Probleme hatte.«

»Er dachte halt, wer Probleme hat, ist selber schuld.« Charlotte zuckte mit den Schultern.

»Stimmt ja auch«, antwortete Tarik.

»Stimmt gar nicht.« Tim schüttelte den Kopf. »Man ist nicht immer selbst schuld. Manche sind halt langsamer als andere oder denken anders.«

»Also gut«, unterbrach ich. »Das führt zu weit. Bleiben wir bei der Sache. Dritte Theorie. Merlin.«

Die vier stöhnten auf.

»Was ist mit dem?«, fragte ich. »Wie soziopathisch ist der? Sie kennen ihn besser, aber das gestern war zutiefst beängstigend, fand ich.«

»Ich trau dem alles zu!«, rief Tim.

Tarik nickte düster. »Das ist ein ganz merkwürdiger Typ. In der Mittelstufe hat er mal eine Weile versucht, mit mir Freundschaft zu schließen. Wir waren ja beide Einzelgänger. Ich war auch ein paarmal bei ihm. Aber irgendwann war mir das zu schräg.«

»Warum?«, fragte Lucy.

»Der hatte ein Terrarium im Zimmer. Wir haben Computer gespielt. Plötzlich fragt er, ob ich mal was sehen will. Und bevor ich reagieren konnte, fasst er in sein Terrarium, holt eine Eidechse heraus und tötet sie vor meinen Augen. Einfach so.«

»Krass«, sagte Tim.

»Igitt«, sagte Lucy.

»Wieso hast du denn das nie jemandem erzählt?«, fragte Charlotte.

Tarik schüttelte den Kopf. »Wem denn? Wie du dich vielleicht erinnerst, hatte ich am Anfang keine Freunde.«

»Er dachte wohl, ich finde das cool. Ich bin nie mehr hin.«

Mir fielen die Studien über Serienkiller ein, die belegten, dass diese in der Kindheit und Jugend erst mit

Tieren begannen, bevor sie sich an einen Menschen wagten. Mir wurde schwindlig bei dem Gedanken, einen von ihnen zu unterrichten. Oder ging nun endgültig meine Fantasie mit mir durch? War das vielleicht alles Unfug, was ich hier machte?

»Der ist so seltsam«, sagte Lucy. »Neben dem will niemand sitzen, der hat keine Freunde, sagt lauter abartige Sachen, und ich meine, hallo, was war denn das gestern, bitte? Wie krank war das denn?«

»Lucy, Sprache!«

»Verzeihung«, sagte sie gespielt kleinlaut, »ist doch aber wahr.«

»Man weiß von Psychopathen«, ich überlegte laut, »dass die ihre Taten inszenieren. War das gestern so etwas? So eine Art Zurschaustellung in Form eines Referats? Der Täter beschreibt also quasi seine eigene Tat, und keiner weiß, dass er es war. So wie der Zodiac-Killer in den USA in den Siebzigerjahren, der sich in Briefen mit seinen Morden brüstete und nie gefasst wurde.«

Das Beängstigendste an Merlins Geschichte war, dass ich teilweise zu wissen glaubte, wie er tickte. Es gab ein paar Ähnlichkeiten zwischen ihm und mir in seinem Alter. Wir waren beide Einzelgänger, die die Gesellschaft von Büchern der von Menschen vorzogen. Beide dachten und fühlten wir anders als die Menschen um uns herum. Der große Unterschied war: Ich wollte nie zerstören und fand auch theoretisch kein Interesse daran. Mir ging es darum, irgendwie doch dazuzugehören, Verbindungen mit anderen zu suchen. Deshalb studierte ich die Menschen, wie sie redeten, dachten, sich verhielten. Und begann, sie zu imitieren. Es war ein Gespräch mit meinem Vater gewesen, eines der wenigen richtig guten, bei denen er mir zugehört hatte, statt zu dozieren, und das für mich eine Tür geöffnet hatte, die bis dahin verschlossen gewesen war.

»Gregor«, hatte er gesagt, »du musst dich entscheiden. Jetzt. Für das Leben. Oder dagegen. Es liegt mehr an dir selbst, als du denkst.«

Vielleicht brauchte Merlin jemanden, der ihm genau das sagte. Vielleicht war es aber schon zu spät. Vielleicht hatte ich damals einfach nur genau das hören wollen, und in Wirklichkeit reicht bei den meisten Menschen ein kluger Satz einfach nicht aus.

»Trauen Sie sich zu«, fragte ich die Schüler, »Merlin etwas auf den Zahn zu fühlen? Herauszufinden, ob an dieser Theorie etwas dran sein könnte?«

»Ich kann es versuchen. Mich mag er, glaube ich«, sagte Charlotte.

»Wer nicht?«, fragte Lucy leicht zickig.

Charlotte zog eine Grimasse in ihre Richtung.

»Eigentlich ist alles, was ich brauche, ein Haar von ihm«, sagte ich.

Als Martin mir am Abend zuvor berichtet hatte, wie

der Colombipark systematisch nach Spuren abgesucht wurde, war mir die Idee gekommen, das Turmzimmer noch einmal gründlich unter die Lupe zu nehmen.

Tarik pfiff durch die Zähne. »Cool, DNA und so.«

»Verlässlicher geht es nicht, alles andere ist doch nur Spekulation«, sagte ich.

»Mister H, Sie sind ja ein richtiger Kriminalist«, sagte Tim. »Also, was noch? Das macht Spaß.«

»Das Essen ist übrigens hervorragend, danke«, sagte Tarik.

Alle pflichteten ihm bei.

»Nächste Idee«, fuhr ich fort. »Ein ehemaliger Schüler, der das Abitur nicht oder wegen Mathe nur schlecht geschafft hat, die These der ersten Gruppe gestern. Ich habe heute Nachmittag alte Listen und Akten durchgesehen. Es gibt einen Schüler, bei dem mir etwas aufgefallen ist. Johannes Ritter, sagt euch der was?«

»Ich kenne den«, sagte Charlotte. »Meine Cousine Jenny war in seinem Jahrgang. Da gab es einen Riesenaufruhr wegen seinem Abischnitt, ich glaube sogar noch mit seiner Mutter bei der Zeugnisvergabe vor den versammelten Eltern.«

»Das mit dem Aufruhr wusste ich nicht. Ich war heute Nachmittag bei ihm zu Hause und habe mit seiner Mutter gesprochen.« Ich erzählte ihnen Johannes Ritters Geschichte.

»Johannes Ritter und seine Mutter glauben«, schloss ich meinen Bericht, »dass Menzel mindestens Johannes' Leben zerstört hat. Wenn das kein Motiv ist?«

Die vier sahen mich fasziniert an.

»Das ist ja der Hammer«, sagte Tarik, »da hat die Mölders-Gruppe ja eine gute Idee gehabt.«

»In der Tat.« Ich nickte. »Und das bringt uns direkt zum nächsten Verdächtigen: Dennis Mölders.«

Tarik zog Luft durch die Zähne.

»Dem trau ich alles zu«, rief Tim.

»Das hast du eben schon gesagt«, sagte Lucy.

»Ja und? Ist halt so, ich hab meine Erfahrungen mit dem.« Tim schüttelte sich.

»In der Mittelstufe«, klärte Lucy mich auf, »war Dennis der Schlimmste von allen. Mittlerweile ist er nur noch ein gewöhnliches Arschloch, aber vor zwei Jahren musste man sich richtig in Acht nehmen vor dem. Alle wussten das.«

»Was hat er gemacht?«, fragte ich.

»Ich will nicht drüber reden«, sagte Tim düster.

»Auf mich hatte er es auch abgesehen.« Tarik nickte langsam. »Ein ganz schlimmer Typ. Aber es ist nie was passiert. Er ist mit allem durchgekommen. Obwohl die Lehrer das teilweise mitbekommen haben.«

»Ich glaube, ich weiß, warum«, sagte ich. »Das bringt uns zum nächsten Verdächtigen: Dennis' Vater.«

Die vier sahen mich an.

»Dem trau ich alles zu!«, rief Tim. Alle lachten. »Der Arsch hat mich vor Kurzem fast auf dem Skateboard umgefahren mit seinem Scheiß-BMW.«

Charlotte nickte ernst.

»Also, Folgendes: Aber ich darf Ihnen das eigentlich gar nicht sagen. Konferenzgeheimnis. Daher, bitte, absolute Diskretion. Es ist wohl so, dass Dennis sein Abitur nicht schafft.«

Lucy prustete los. »Natürlich nicht. Der ist ja auch doof wie die Nacht.«

Alle lachten wieder.

»Der musste doch schon mal wiederholen, oder?«, fragte Lucy.

»Ja«, sagte ich. »In der Neunten. Vor allem wegen Mathe und Physik. Und bei welchem Lehrer?«

»Menzel«, sagten Tarik und Tim wie aus einem Mund.

»So ist es. Und im Jahr darauf sah es nicht besser aus, aber irgendwie bekam er dann doch noch eine Vier in Mathe, und er konnte in die Zehnte und dann in die Kursstufe. Und jetzt«, ich blickte wissend in die Runde, »hat er schon vier oder fünf Kurse unter fünf Punkten. Drei davon in Mathe. Bei …«

»… Herrn Menzel«, sagte Charlotte. »Aber Dennis soll doch die Kanzlei seines Vaters übernehmen. Zumindest erzählt er das die ganze Zeit herum, als sei da schon alles klar. Deshalb haben wir da gestern unsere Theorie draus gestrickt.«

Das war interessant, dachte ich. Äußerst interessant.

»Wer würde sich bereit erklären, von den Herren Ritter und auch Mölders je ein Haar zu besorgen?«, fragte ich in die Runde. »Charlotte, vielleicht von Johannes Ritter? Sie scheinen ihn ja ein wenig zu kennen. Leider war ich heute Nachmittag nicht geistesgegenwärtig genug, um selbst dafür zu sorgen.«

Sie nickte. »Ich kann es versuchen.«

»Und der Vollständigkeit halber bräuchten wir auch eins von seiner Mutter«, sagte ich. »Ich weiß, das ist viel verlangt, aber wenn Sie Johannes sowieso besuchen, vielleicht wäre es …«

»Schon klar, ich mach's«, sagte Charlotte.

Ich nickte ihr dankbar zu.

»Der hatte doch immer ein Auge auf dich, oder, Charlie?«, fragte Lucy, und Charlotte errötete leicht.

Ich ignorierte das, auch wenn ich mich freute, das zu hören. Es würde Charlottes Auftrag erleichtern.

»Und Lucy von Dennis Mölders?«, fragte ich weiter. »Dann übernehme ich den Vater.«

»Geht klar«, sagte sie und grinste.

Nun kam der heikelste Punkt. Von Bülow schien es immens wichtig gewesen zu sein, dass kein Außenstehender von der Existenz des Geheimbunds erfuhr. Nun würde sich zeigen, wie weit diese Verschwiegenheit ging. Konnte er dessen Existenz vor seiner eigenen Tochter geheim halten?

»Sagt Ihnen der Name *Sodalicium* etwas?«

Die Schüler sahen mich ratlos an. Zumindest drei von ihnen.

»So eine Art Geheimzirkel?«, fügte ich hinzu.

»Echt?«, sagte Tim. »Bei uns an der Schule? Krass.«

»Was ist denn das?«, fragte Lucy.

»Was ich Ihnen jetzt erzähle, muss bis auf Weiteres unter uns bleiben. Versprechen Sie mir das?«

Es war gewagt, vor meinem Eintritt gegen das oberste Gebot des Zirkels zu verstoßen. Aber wenn ich die vier schon einweihte, dann ganz. Vielleicht würde ich etwas erfahren, was ich noch nicht wusste, zum Beispiel von Charlotte …

»Das ist so ein Zirkel mit Eltern, ehemaligen Schülern und Lehrern, die im Hintergrund aktiv sind. Hauptsächlich sind die in der Förderung von Begabten aktiv.«

»Dann hab ich schon mal gar nichts mit denen zu tun«, rief Tim.

»Ich finde dich sehr begabt«, sagte Lucy.

»Ich auch«, ergänzte ich.

Tim wurde ein wenig rot. »Ähm, danke.«

»Ich glaube aber«, fuhr ich fort, »das ist nicht die ganze Wahrheit. Ich bin mir ziemlich sicher, dass da noch andere Dinge vor sich gehen.«

»Zum Beispiel?«, fragte Lucy.

»Ich halte es für möglich, dass Lehrer unter Druck gesetzt werden. Mölders ist Mitglied im *Sodalicium*.«

Tarik holte hörbar Luft.

»Ich glaube, ich weiß da etwas drüber«, sagte Charlotte leise. Sie sah in die Runde.

Angespannt hielt ich die Luft an.

»Ich habe vor einiger Zeit meinen Vater am Telefon gehört«, fuhr Charlotte fort. »Es waren mehrere Telefonate. Erst wusste ich nicht, wovon die Rede war. Mein Vater dachte wohl, ich sei nicht zu Hause. Jedenfalls hat er sehr laut gesprochen, ich konnte ihn teilweise durch die geschlossene Tür seines Arbeitszimmers verstehen.«

Wir sahen sie gespannt an.

»Er hat sich fürchterlich aufgeregt über jemanden. Namen wurden keine genannt, vielmehr verwendete er Tiernamen.«

»Tiernamen?«, fragte ich.

»Ja, es ging um jemanden, den er den *Frosch* nannte. Jedenfalls meinte er, das ginge nicht, was der Frosch da mache, das hätte es in der Form noch nie gegeben, und der Kreis, wie er es nannte, dürfe nicht für solche Zwecke missbraucht werden. Danach rief er den Frosch selbst an und sagte ihm, er solle aufhören. Er wurde lauter, sagte Dinge wie, das sei egal und das habe Konsequenzen.«

Mir fiel der Wortwechsel hinter verschlossener Tür wieder ein, bei meinem Antrittsbesuch im *Sodalicium*. Wenn es wirklich von Bülow und Mölders gewesen waren, deren Stimmen ich gehört hatte, hatte von Bülow Mölders davon abbringen wollen, weiterhin Druck auf Lehrer auszuüben, nachdem einer dieser Lehrer sich nun umgebracht hatte? Wollte er verhindern, dass irgendjemand hier möglicherweise einen Zusammenhang herstellte?

»Der Frosch kann nur Mölders sein«, sagte ich. »Mölders, der Lehrer unter Druck setzt, zum Beispiel Herrn Menzel, damit er sein Abitur schafft.«

Charlotte nickte. »Ich konnte mir keinen Reim auf das machen, was ich da mit angehört habe, aber nun, wo Sie diesen Zirkel erwähnen, macht das alles Sinn.« Sie sah mich erschrocken an. »Ergibt.«

Ich nickte ihr zu. »Klingt plausibel. Ich habe schon eine Weile den Verdacht, dass Dennis' Vater massiv Einfluss nimmt.«

»Deshalb ist Dennis nie bestraft worden für sein Verhalten in der Mittelstufe«, sagte Tarik. »Obwohl es alle wussten.«

»Und deshalb ist er in der Neunten zum zweiten Mal überraschend versetzt worden«, sagte Lucy.

Das bedeutete, Mölders betrieb das seit Jahren. Wieso regte sich von Bülow dann auf einmal so darüber auf? Hatte er es erst jetzt mitbekommen? Oder hatte das Ganze eine neue Dimension angenommen? Hatte Mölders es übertrieben? Menzel ernsthaft gedroht?

»Die Frage ist«, sagte ich, »würde Mölders so weit gehen, für das Abitur seines Sohnes zu morden?«

»Ich trau dem alles zu«, sagte Tim.

»Andererseits«, sagte Tarik, »werden Dennis' Mathenoten nicht besser, nur weil sein Lehrer tot ist.«

18.

Samstag

Beim Frühstück schlug ich die *Badische Zeitung* auf, gespannt auf Neuigkeiten über die Colombimorde. Ich überflog den Artikel auf der Suche nach der Information, die mich am meisten interessierte. Und tatsächlich, da stand es. Die Polizei hatte den Zeitpunkt des Mordes bekannt gegeben. Kurz vor zwanzig Uhr. Viertel nach acht waren die Leichen gefunden worden. Nach wie vor blieb die Frage: Wie konnte von Bülow bereits um zwanzig Uhr das Turmzimmer betreten und um kurz vor neun wissen, dass das Turmzimmer kein Tatort mehr war?

Ich zog den Zettel aus meinem Geldbeutel, den Betty mir vor drei Tagen zugeworfen hatte, und starrte auf die Nummer. Ich ahnte, dass der Grund, dass ich ihre Handynummer hatte, weniger romantischer Natur war.

Ich wählte, und nach dem zweiten Klingeln nahm Betty ab.

»Horvath, guten Morgen.«

»Guten Morgen, ich hatte mich schon gefragt, wann Sie anrufen.«

»Ja nun, heute. Ich würde Sie gerne sprechen. Hätten Sie Zeit?«

»Fünfzehn Uhr, Café JC im Stühlinger«, sagte sie ohne Umschweife. Als hätte sie das alles so geplant.

»Perfekt«, sagte ich, doch da hatte sie schon aufgelegt.

Ein Telefonat wie in einem Agententhriller, dachte ich. Und ich spürte ein merkwürdiges Kribbeln im Magen.

Um kurz nach zwei machte ich mich auf den Weg. Ich ging zu Fuß durch die Innenstadt.

Als ich am Harmonie-Kino vorbeilief, in dem ich kürzlich *Mord im Orientexpress* gesehen hatte, hörte ich einen Teil eines Gesprächs zwischen zwei Teenagermädchen:

»Hier geht meine Oma immer ins Kino«, sagte die eine.

»Echt, krass«, sagte die andere.

Ich war verwirrt. Es war ein ganz normales Kino, nicht nur für Arthouse-Seniorenfilme. Natürlich gab es noch einen Multiplex-Palast in der Stadt, in den die jungen Mädchen vielleicht eher gingen, dachte ich, auch wenn ich selbst ihn konsequent mied. Einmal hatte es mich an einem Sonntagnachmittag dorthin verschlagen, und es war eine gruselige Erfahrung gewesen. Horden von RTL-Schauern aus den westlichen

Stadtteilen und dem Umland, stiernackige, tätowierte, gedrungene Männer in Jogginghosen mit ihren schreienden Klonen und Mütter mit aufgesetzten Fingernägeln, der ganze Boden mit Popcorn übersät. Aber wenigstens gingen die ins Kino. Die Jugendlichen sahen sich Filme wohl nur noch zu Hause auf dem Computer oder sogar auf dem Smartphone an. Ein Film auf dem Smartphone. Ich dachte an Orson Welles, der einst ein Loch in den Studioboden schlug, um die Kamera darin versenken zu können, weil ihm die Untersicht noch nicht tief genug war.

Die Welt verändert sich, dachte ich. Unmerklich manchmal. Schleichend. Aber doch radikal. Und das meiste bekam man gar nicht mit, während es passierte. Wie viele parallele Welten wohl nebeneinander existierten, ohne dass man als Freiburg-Wiehre-Akademiker etwas davon merkte, selbst wenn man regelmäßig Zeitung las. Es war faszinierend. Und erschreckend. Bisher hatte ich Veränderung abgelehnt. In letzter Zeit begann sie mich zu interessieren.

Ich hatte die Universität passiert und bog nach der Bahnhofsbrücke durch den Eschholzpark ab. Vor mir liefen zwei weitere Teenagermädchen, die immer wieder stehen blieben, um Bilder von sich zu machen. Wer hätte vor zwanzig Jahren gedacht, dass die Menschen einmal einen Großteil ihrer Zeit darauf verwenden würden, sich selbst zu fotografieren?

Betty wartete bereits vor dem Café.

Sie sah mich mit ihren großen Augen an, ohne etwas zu sagen.

Ich musste lächeln.

»Hallo«, sagte ich.

Sie nickte nur.

Wir betraten das Lokal, ein im Wohnzimmerstil eingerichtetes Café mit alten Filmpostern an den Wänden, Bücherregalen voller Bildbände über vergangene Fußballweltmeisterschaften und vielen anderen Utensilien vornehmlich aus den Siebziger- und Achtzigerjahren. Ein Nostalgietrip in die Kindheit der Besitzer, wie ich vermutete.

Wir bestellten zwei Kaffee und setzten uns im hinteren Bereich des Lokals an einen Tisch.

»Herr Studienrat, was haben Sie auf dem Herzen?«, fragte Betty.

»Oberstudienrat«, korrigierte ich sie.

Sie nickte und sagte nichts. Hier war mal jemand, der noch weniger von Gesprächskonventionen verstand als ich. Professionell war ich eloquent und bewegte mich kommunikativ recht sicher. Privat war das für mich oft nicht ganz so einfach. Und Betty verstärkte diese Unsicherheit noch deutlich. Vielmehr ihre Augen.

Ich löste mich von ihrem Blick und kam zur Sache: »Ich glaube nicht uneingeschränkt, dass Menzels Tod

Selbstmord war. Und wenn, dann trägt da jemand Schuld daran.«

Sie nickte wieder. »Ja«, sagte sie.

Ich wartete, ob sie noch etwas hinzufügen wollte, doch das war offenbar nicht der Fall.

»Denken Sie das auch?«

Nach einigen Sekunden nickte sie und sagte wieder: »Ja.«

»Haben Sie mir Ihre Nummer gegeben, weil Sie wussten, dass ich aktiv werden würde?«

Ein kaum wahrnehmbares Lächeln umspielte ihre Lippen.

Eine Weile geschah nichts. Sie sah mich an, ich schaute zurück.

»Und nun?«, fragte ich.

»Da kann man nicht viel machen. Erst kommt die Colombisache, dann lange nichts. Keine Kapazitäten.«

Ich überlegte, wie ich mein Anliegen am besten vorbringen konnte.

»Ich habe mir etwas überlegt.«

»Aha.«

»Ich brauche ein wenig Hilfe«, ergänzte ich.

Sie verzog den Mund zu etwas, was vielleicht ein spöttisches Lächeln sein sollte. Vielleicht konnte sie gar nicht lächeln, dachte ich kurz.

»Es gibt dabei verschiedene Probleme«, sagte sie.

Das klingt nicht ermutigend, dachte ich.

»Erstens, ich habe im Grunde keine Zeit, Ihnen zu helfen. Zweitens, ich bewege mich hier auf sehr dünnem Eis. Davon darf auf keinen Fall jemand erfahren.«

»Nein!« Ich hob erschrocken die Hände. »Aber was, wenn ich Ihnen einfach ganz genau sage, was ich brauche?«

Sie sah mich schweigend an.

»Und«, fuhr ich fort, »wenn wir den Schuldigen finden, können Sie es sich auf die Fahnen schreiben. Das kann ja für die Karriere nicht schaden.«

Sie sah mich ernst an. Sie war wunderschön.

»Außerdem haben *Sie* mir doch Ihre Nummer gegeben«, sagte ich.

»Ich will nur sichergehen, dass Sie es ernst meinen und wirklich etwas in der Hand haben. Ich will nicht meine Zeit verplempern und meine Karriere aufs Spiel setzen, weil ein gelangweilter Oberstudienrat ein wenig Abwechslung braucht.«

Ich lächelte. Ihre Menschenkenntnis war verblüffend. Aber ich war überzeugt, dass meine bisherigen Überlegungen keine Hirngespinste waren, und berichtete ihr alles.

Sie hörte ausdruckslos zu und nippte ab und zu an ihrem Kaffee.

Als ich fertig war, hatte sich etwas in ihrem Blick verändert. Ihre Augen leuchteten. Jagdfieber.

»Was kann ich tun?«, fragte Betty.

»Erstens: Gibt es eine Lebensversicherung auf Michael Menzels Leben?«

»Das ist schnell erledigt«, sagte sie.

»Zweitens: Wenn ich Ihnen den Namen eines Maklers nenne, können Sie Namen und Adresse eines bestimmten Kunden dieses Maklers herausfinden?«

»Sicher«, sagte sie, und ich erläuterte noch einmal kurz den Hintergrund von Menzels Hauskauf und dem Wutausbruch des verprellten Käufers.

»Und dann noch etwas«, fuhr ich fort, »an einem Tatort werden doch Haare, Fasern und dergleichen gesichert, richtig?«

Sie nickte. »Auch Hautpartikel und Körperflüssigkeiten.«

»Das wurde also auch im Turmzimmer gemacht, oder?«

Sie nickte wieder.

»Wurden die bereits untersucht?«

»Wahrscheinlich nicht.«

»Kommen Sie da ran?«

»Die Kollegen haben momentan keine Zeit für irgendetwas anderes als die Colombimorde.«

»Meine Überlegung war ... Sie sind doch ursprünglich Kriminaltechnikerin?«

Sie hob die Augenbrauen.

»Wenn ich jetzt zwei ganz konkrete kriminaltechnische Aufträge hätte? Könnten Sie da vielleicht aktiv werden?«

»Sie besorgen die Haare der fraglichen Personen: Johannes Ritter, seine Mutter und Vater und Sohn Mölders, ich übernehme den Rest.«

Ich sah sie beeindruckt an. Nicht nur wusste sie genau, was ich von ihr wollte, sie hatte sich auch, ohne mitzuschreiben, die Namen gemerkt.

Das ging ja leichter als erwartet. Ich trank meinen Kaffee aus.

»Warum tun Sie das, wenn Sie die Frage gestatten?«, sagte ich.

Sie nahm einen Schluck Kaffee, dann zeigte sie auf das Poster eines alten Kriminalfilms. »Glauben Sie, diese vielen weiblichen Kommissare im Fernsehen haben etwas mit der Wirklichkeit zu tun?«

Da ich kein Fernsehen schaute, konnte ich nur spekulieren.

»Vermutlich nicht?«

»Nein. Es kann nichts schaden, wenn ich ein wenig härter arbeite als die männlichen Kollegen.«

»Aber was ist mit Martin?«, fragte ich.

Ich ging nicht davon aus, dass sein Vorschlag, ich solle ermitteln, ernst gemeint gewesen war. Ich glaubte auch nicht, dass er meine Einmischung gutheißen würde, von Bettys Engagement, das sie von ihren eigentlichen Aufgaben abhielt, ganz zu schweigen.

»Martin wird nichts erfahren«, sagte Betty. »Aber dasselbe wollte ich Sie auch gerade fragen. Was ist mit Martin? Wieso wenden Sie sich nicht an ihn?«

Ich hätte antworten können, dass nicht er es war, der mir seine Handynummer gegeben hatte, aber stattdessen fiel mir wieder das Rätsel unseres Vaters ein. Auch wenn der Fall Menzel noch lange nicht gelöst war, hier war die Sache eindeutig. Ich wollte Martin auf seinem eigenen Gebiet schlagen, so wie er mich damals.

Außerdem fühlte ich mich lebendig und jung wie lange nicht. Aber beides würde ich ihr nicht sagen.

Betty trank ihren Kaffee aus und erhob sich. »Ach übrigens«, sagte sie dann, »ich würde an Ihrer Stelle vom nächsten Treffen mit diesem Zirkel Handyaufnahmen machen. Ton oder Bild. Am besten beides.«

»Ich habe kein Handy.«

Sie lächelte leicht, gab mir die Hand und verließ das Café.

Offenbar ging sie davon aus, dass ich als Kavalier alter Schule die Rechnung übernehmen würde. Was ich auch gerne tat.

19.

Sonntag

Vormittags korrigierte ich Geschichtsarbeiten – eine dröge, oft über die Maßen desillusionierende Angelegenheit. Zum Ausgleich hörte ich Mussorgsky und Strawinsky.

Gegen elf klingelte das Telefon. Nestroy.

»Morgen Abend zwanzig Uhr, Turmzimmer«, sagte er nur und legte auf.

Ich atmete durch. Das *Sodalicium* zögerte nicht. Morgen Abend würde also meine Aufnahme in diesen Zirkel erfolgen. Ich war gespannt, wie das vonstattenging – mit einem Initiationsritus? Ich hoffte, das Ganze würde mir auch wirklich bei meinen Ermittlungen helfen.

Mittags bereitete ich den Unterricht für die nächsten zwei Tage vor.

Um halb vier legte ich Tom Waits auf, zog mich an und verließ dann die Wohnung. Mein Ziel war wie jeden Sonntag um diese Zeit die *Grotesque*-Bar.

Es war ein heiliges Ritual. Die Bar war im Stil der

Zwanzigerjahre eingerichtet, sonntagnachmittags gab es Live-Musik. Jazz im Stil der damaligen Zeit. Ich musste mich nicht einmal anders anziehen, um zum Ambiente des Lokals zu passen.

Ich traf mich dort an einer Art Absinth-Stammtisch mit immer den gleichen Gestalten. Wir sahen uns unter der Woche so gut wie nie. Nur sonntags. Ich rauchte jede Woche genau vier Zigaretten, eine samstags auf dem Markt und drei in der Bar, jeweils eine zu den drei Absinth, die ich dort zu mir nahm.

Wir waren eine merkwürdige Runde. Fünf Männer, die ansonsten nichts miteinander zu tun hatten, sich sonst nie sprachen, aber jeden Sonntag zur selben Zeit hier einfanden. Die Belegschaft reservierte den Tisch für uns, ohne dass wir sie jemals darum gebeten hätten. Die Runde bestand aus einem Chemiker, einem Bibliothekar, einem Unidozenten und einem Buchhändler. Zwei von ihnen hatten Familie. Wir sprachen kaum jemals über Privates, viel mehr als diese dürren Fakten wusste ich über keinen von ihnen. Vor einiger Zeit hatte ich einmal den Chemiker mit seiner Familie in der Stadt getroffen, und unser Gruß fiel so knapp aus, dass niemand ihn hätte bemerken können.

Ich setzte mich an meinen Stammplatz und sah mich um.

Weiter hinten im Lokal an einem kleinen Tisch saß Betty. Was für ein Zufall. Einerseits. Andererseits passte sie natürlich genau in dieses Lokal. Mein Herz schlug schneller. Sie unterhielt sich mit einer Frau, die ihr gegenübersaß. Sie sah mich, und kurz meinte ich zu bemerken, dass sie lächelte, aber als ich wieder hinsah, war der Eindruck verschwunden. Ich winkte ihr zu.

»Horvath, du Kauz«, meinte der Buchhändler am Tisch, »seit wann winkst du Frauen zu?«

Ich lächelte verlegen und blieb eine Antwort schuldig.

Wir bestellten die erste Runde, und dann sah ich, wie Betty mich zu sich herüberwinkte. Ich erhob mich unter den verwunderten Blicken der Herren am Tisch und ging zu ihr. Sie war wie üblich ganz in Schwarz gekleidet, hier jedoch passte ihr Kleidungsstil, anders als sonst, perfekt zur Umgebung – wie meiner auch. Sie unterhielt sich leise mit ihrer Begleiterin, schien mich gar nicht zu beachten, schob mir aber, ohne den Blick von ihrer Gesprächspartnerin abzuwenden, ein Diktiergerät und eine Digitalkamera zu.

»Das wollte ich Ihnen eigentlich nachher noch in den Briefkasten werfen«, sagte sie.

Ich starrte beides an, dann sie. Betty wusste also, wo ich wohnte. Gut, für eine Polizistin war das wohl nicht schwer herauszufinden. Ich packte die Geräte in meine Jackentasche und ging wieder an meinen Tisch.

»Was war das denn, Horvath?«, fragte der Chemiker.

»Jetzt wird es langsam aufregend«, sagte ich, und die Umsitzenden nickten vielsagend.

Unsere Getränke kamen, und wir begannen unser Ritual. Wir tranken auf französische Weise, die einzig historisch belegte. Alles andere, beispielsweise die Verwendung von Feuer, lehnten wir ab.

Ich tat zwei Stück Zucker auf meinen Absinthlöffel, legte ihn über den Rand des Glases und träufelte ganz langsam Eiswasser darüber. Die anderen taten es mir gleich, niemand redete. Alle waren darin versunken, das Auflösen des Zuckers zu betrachten, wie das Zuckerwasser langsam nach unten tropfte und die grüne Farbe des Getränks hell färbte, bis das Mischungsverhältnis etwa eins zu drei war. Dann legten wir die Löffel beiseite, hoben die Gläser und tranken den ersten Schluck.

»Ich versuche, ein Rätsel zu lösen«, sagte ich, nachdem ich das Glas abgestellt hatte.

Die Herren sahen mich interessiert an.

»Das geht nur mit Vernunft«, sagte der Unidozent.

»Die Vernunft ist eine Hure. Martin Luther«, sagte der Buchhändler.

»Die Schlussfolgerungen aus Leidenschaft sind die einzig verlässlichen. Kierkegaard«, sagte der Bibliothekar.

»Wenn du das Unmögliche ausgeschlossen hast, dann ist das, was übrig bleibt, die Wahrheit, wie unwahrscheinlich sie auch ist«, sagte der Chemiker. »Doyle.«

»Alle Buchhändler sind Lügner«, sagte der Buchhändler. »Das ist die einzige Wahrheit.«

Wir sahen ihn an und tranken.

Er lachte.

Wir tranken aus und bestellten eine zweite Runde.

Berauscht ging ich um einundzwanzig Uhr nach Hause und legte mich hin. Ich legte mich aufs Bett und genoss den leichten Schwindel, den der Alkohol verursachte. Doch schon begannen auch meine Gedanken wieder zu kreisen. Vor allem eine Überlegung machte mich hellwach.

Was, wenn von Bülow von der Einstellung der Ermittlungen schon vor den Colombimorden gewusst hatte? Nicht, weil er wusste, dass er genügend Einfluss hatte, dies zu bewirken, oder der Polizeipräsident ihm etwas schuldete oder warum auch immer von Bülow glaubte, dass dies geschehen würde, sondern weil er wusste, dass die Morde geschehen würden? Was, wenn die beiden Vorfälle nicht unabhängig voneinander zu sehen, sondern direkt miteinander verbunden waren? Wenn die Colombimorde eine Folge des Falls Menzel waren, um die Ermittlungen zum Stillstand zu bringen? Dann wäre von Bülow ein Auftragsmörder?

Sorgte der Absinth dafür, dass meine Fantasie mit mir durchging?

Was aber würde eine solche Tat rechtfertigen? Differenzen über Ausrichtung des Profils reichten nicht als Motiv. Vielleicht hatte Mölders die Kontrolle verloren, und von Bülow schützte ihn. Oder es gab noch etwas anderes, von dem ich noch nichts ahnte. Was unternahm das *Sodalicium* noch, wovon man mir bisher nichts verraten hatte?

In jener Nacht träumte ich von einem Raum voller Spiegel. Immer wenn ich in einen davon blicken wollte, stellte ich fest, dass er schwarz war.

20.

Montag

Am nächsten Morgen war Silke Buschmann wieder mit dabei. Sie saß mit verschränkten Armen auf dem Rücksitz, einen dicken Schal übers Gesicht gezogen, sodass nur ihre Augen und ihr blondes Haar, das sie, wie immer, streng zusammengebunden hatte, zu sehen waren.

»Eheleute Buschmann, seid gegrüßt!« Ich stieg ein.

»Ja, ja«, sagte Buschmann, »komm rein, es wird kalt.«

»Warum so brüsk?«, fragte ich, als er losgefahren war.

In Wirklichkeit brauchte es alles, was ich aufbieten konnte, so heiter und unbedarft zu wirken, denn ich hatte kaum geschlafen, war aufgewühlt und stand vollkommen neben mir.

Buschmann seufzte und wies mit dem Kopf nach hinten.

Ich drehte mich um.

»Geht's wieder?«, fragte ich Silke, die aussah, als wollte sie gar nicht da sein.

Sie nickte.

»Geht so«, krächzte sie hinter ihrem Schal hervor.

»Hat's aber schlimm erwischt, die Frau Gemahlin«, sagte ich zu Buschmann.

»Das kann man wohl sagen.«

»Wieso bleibst du nicht noch mal zu Hause?«, fragte ich nach hinten.

»Hab ich ihr auch gesagt«, sagte Buschmann. »Sie meint, es würde zu viel ausfallen, Klassenarbeiten müssten geschrieben werden, Referate gehalten, was weiß ich alles.«

»Alles halb so wild«, sagte ich nach hinten gewandt, »danken wird dir das niemand, wenn du dich halb krank in die Schule schleppst. Die Schüler am allerwenigsten. In vier Wochen kräht kein Hahn mehr danach.«

Buschmann nickte. »Meine Worte.«

Frau Buschmann schwieg.

Es war interessant. Wir waren alle verbeamtet. Könnten uns zurückziehen auf Dienst nach Vorschrift. Alles darüber hinaus war ja das eigene Privatvergnügen, eine Art Hobby, für das man nichts oder nur sehr wenig zurückbekam. Nicht mehr Geld, keine Beförderung, nicht einmal Worte des Dankes vom Schulleiter oder irgendwem. Und doch gab sich kaum ein Lehrer, den ich kannte, mit dem Minimum zufrieden. Die Ansprüche, die man selbst an sich stellte, waren hoch.

Zumindest in den ersten zehn Dienstjahren. Danach regulierte sich das oft von selbst.

In der Schule traf ich auf Nestroy, der mir lächelnd zunickte.

»Sind Sie bereit?«, fragte er.

Ich bejahte.

»Dann bis heute Abend«, sagte er leise.

Lucy und Tim liefen an uns vorbei.

»Ah, der Herr Nestroy und der Herr Horvath«, rief Lucy. »Was diese beiden da wohl zu tuscheln haben?« Sie grinste ihr entwaffnendes Grinsen. »Und wo haben Sie Thomas Bernhard gelassen?«, fügte sie noch hinzu, bevor sie die Tür des Schulhauses öffnete.

Nestroy blickte verdutzt von ihr zu mir und wieder zurück.

»Contenance, Frau Leung, sonst gibt es einen Verweis. Unkraut jäten in Herrn Nestroys Garten.«

Im Deutschkurs wollte ich die Kriminaleinheit abschließen. Ich fragte die Schüler, was sie von dem Thema gehalten hatten.

»Das war schon okay«, meinte eine der stillen Schülerinnen, »aber was genau haben wir jetzt da fürs Abi gelernt?«

»Ja genau«, sagte eine weitere, »außerdem war da viel zu viel Projekt- und Gruppenarbeit. In anderen Fächern ist irgendwann die Tafel vollgeschrieben, und das schreibt man dann ab und lernt es. Das ist viel besser.«

Ich sackte innerlich ein wenig in mich zusammen.

»Mein Unterricht«, begann ich, »zielt nicht nur auf die Vorbereitung Ihres Abiturs ab. Auch. Aber nicht nur. Mir geht es um viel mehr. Ich bin nicht Lehrer geworden, um Sie auf eine Prüfung vorzubereiten. Das könnte auch ein Roboter.«

»Um was geht es denn dann?«, fragte ein Schüler.

»Mir geht es darum«, fuhr ich fort, froh um das Stichwort, »Sie mit Werkzeugen auszustatten, die Welt zu lesen. Sodass Sie in der Lage sind, aufgrund von simulierten Problemstellungen später neue Herausforderungen bewältigen zu können. Die Welt ist ein Rätsel, das von Ihnen gelöst werden will. Diese Problemlösung beginnt in der nächsten Klausur, geht dann weiter im Abitur und hört danach niemals auf. Ich wiederhole, es hört nie auf! Und hier kommt der Clou: Warum glauben Sie denn, gehören Kriminalromane seit dem neunzehnten Jahrhundert zu den beliebtesten Literaturgenres? Tendenz weiter steigend?«

Die Schüler spekulierten, weil die Menschen Spannung wollten, weil man sich wünschte, dass das Gute gewinne, und so weiter.

Tarik meldete sich. »Weil es immer eine Lösung gibt.«

Ich nickte.

»Ganz genau so sieht es aus. Kennen Sie den Satz des kretischen Lügners?«

Sie sahen mich ratlos an.

»Der Kreter sagt: Alle Kreter sind Lügner.«

Ich ließ den Satz auf sie wirken.

Der Buchhändler hatte dieses Lügner-Paradoxon des Epimenides gestern Abend leicht abgewandelt. Es gab in der Philosophie etliche Beispiele für Sätze, die ihre eigene Falschheit behaupteten.

»Denken Sie da mal den Rest des Tages drüber nach. Wer aus dem Satz wieder herausfindet, ohne den Verstand zu verlieren, bekommt ein Hanuta.«

Irgendwann fiel der Groschen, manche kicherten.

»Das, Damen und Herren, ist unsere Wirklichkeit. Es gibt nicht für jedes Problem eine Lösung. Das Leben ist widersprüchlich und oft sinnlos. Es gibt wenig Antworten und keine Auflösungen. Es gibt kein Happy End. Eine Geschichte mit Happy End ist eine Geschichte, die noch nicht zu Ende ist. Man lebt, wird älter, sammelt Erfahrungen, die man mit niemandem teilen kann, weil jeder seine eigenen machen muss und seine eigene Geschichte hat. Die einen glauben dies, die anderen das. Viele Menschen glauben nicht einmal mehr an wissenschaftliche Fakten oder seriösen Journalismus. Jeder ist sein eigenes Universum. Kafka hat das beschrieben, aber den liest niemand. Stattdessen lesen die Menschen Krimis. Dort gibt es immer eine Wahrheit. Das ist zutiefst befriedigend. Dort gibt es zu jedem Rätsel, egal wie vertrackt, eine Lösung. Hercule Poirot durchschaut im Orientexpress alle falschen Fährten, die man ihm legt. Die Wirklichkeit der meisten Menschen wurde von einem wahnsinnigen, zynischen und betrunkenen Architekten konstruiert. Sie ergibt keinen Sinn. Je älter man wird, desto weniger weiß man.«

Ich wusste nicht, ob die Schüler verstanden, was ich ihnen hier zu berichten hatte, aber ihren Blicken nach zu urteilen ahnten sie, dass es durchaus wichtig sein könnte.

»Vielleicht hatte Shakespeare recht, der schon vor einigen Hundert Jahren dichtete:

Das Leben ist nur ein wandelnd Schattenbild; ein armer Komödiant, der spreizt und knirscht. Sein Stündchen auf der Bühn', und dann nicht mehr, vernommen wird. Ein Märchen ist's, erzählt von einem Dummkopf, voller Klang und Wut, das nichts bedeutet.«

Tarik meldete sich.

Ich war zu sehr in Fahrt und musste ihn vorläufig ignorieren.

»Oder mit anderen Worten«, fuhr ich fort, »die Klugen zweifeln immer. Nur die Dummen wissen alles.«

»Das ist aber eine sehr fatalistische Sicht der Dinge, Herr Horvath«, rief Tarik nun einfach, da er offenbar keine Lust mehr hatte zu warten, bis ich ihn aufrief. »Sollten Sie als Pädagoge uns nicht Mut machen und uns konstruktiv auf die Zukunft vorbereiten?«

Die Klingel ersparte mir die Peinlichkeit, zugeben zu müssen, dass er völlig recht hatte. Von was redete ich da eigentlich? Von mir und meiner Distanz zu der Gegenwart, in der ich lebte? War es das, was mich an diesem Fall so faszinierte, dass ich jetzt als Hobbydetektiv tätig wurde? Weil ich endlich einmal einen Sinn in irgendetwas sehen wollte? Musste ich mir nicht eingestehen, dass mein Leben in einer Sackgasse gelandet war? Ich war allein. Wie die meiste Zeit meines Lebens. Und auch wenn ich mir immer eingeredet hatte, dass das meine eigene Entscheidung war, denn ich wollte eigentlich gar nicht sozialen Zwängen ausgesetzt sein, und es gab für mich nichts Schöneres, als mit einem Buch oder Musik in meinem Zimmer zu sitzen, so wurde mir doch langsam klar, dass das nicht genügte.

Mein Leben kam mir in dem Moment vor wie eine Gleichung, die nicht aufging. Suchte ich deshalb nach einer Wahrheit in einem Kriminalfall, der vielleicht gar keiner war, die ich in meinem Leben nicht finden konnte? Oder versuchte ich diesen Fall nur zu lösen wegen eines Rätsels, das ein Vater vor vielen

Jahren seinen zwei vierzehnjährigen Söhnen gestellt hatte?

Um es in der dummdeutschen Sprache des Augenblicks zu sagen: Wie albern war das denn?

Auf dem Weg ins Lehrerzimmer sah ich Klaus Wehrlich, den Hausmeister. Er trug einen Werkzeugkasten, einen Eimer und mehrere Lappen und hatte es wie immer eilig.

»Klaus?«, rief ich ihm zu.

»Jetzt nicht«, rief er zurück, »Überschwemmung im Erdgeschoss. Die Idioten haben das Waschbecken verstopft und den Hahn aufgedreht. Muss retten, was zu retten ist.«

Kopfschüttelnd ging ich weiter.

Im Lehrerzimmer passte mich Kollegin Gerlinde Szymanczyk-Hohlwang ab, die Gesichtszüge angespannt.

»Gregor, gerade hatte ich Vertretung bei deiner Achten. Das war, gelinde gesagt, eine Zumutung.«

Erst dachte ich, sie hätte statt *gelinde* ihren Vornamen Gerlinde genannt, aber es lag womöglich an ihrem schwäbischen Akzent und hätte auch gar keinen Sinn ergeben.

»Kannst du da vielleicht mal für Ordnung sorgen? Das ist ja vielleicht ein verwahrloster Sauhaufen!«

Damit stapfte sie davon.

Stimmte einerseits durchaus, das mit dem Sauhaufen, dachte ich. Andererseits, den Klassenlehrer für das Verhalten seiner Klasse während einer Vertretungsstunde verantwortlich zu machen war auch ein starkes Stück. Nein, ich mochte die Kollegin nicht. Und sie mich offenbar auch nicht.

21.

Nach der Schule begann ich, meinen Teil der Liste der Verdächtigen abzuarbeiten. Auch wenn meine Überlegungen, das *Sodalicium* und dessen mögliche Verbindung zu den Colombimorden betreffend, mein ganzes Denken in Beschlag nahm, disziplinierte ich mich, nicht kopflos vorzugehen, sondern rational und nüchtern dem ursprünglichen Plan zu folgen: Ich brauchte Haare. Dazu würde ich zunächst Corinna Menzel einen Besuch abstatten.

Sie trug wieder ihren Nickianzug und die puscheligen Hausschuhe. Ihre Haare hatte sie notdürftig zusammengebunden. Sie sah aus wie jemand, der sich in den eigenen vier Wänden verkrochen hatte. Was wohl auch verständlich war.

»Gregor.« Sie drehte sich um und ging den Flur entlang ins Wohnzimmer.

»Guten Tag, Corinna, entschuldige bitte, aber mir gehen ein paar Dinge nicht aus dem Kopf, könnte ich kurz reinkommen?«, rief ich ihr nach. Nachdem keine Antwort kam, schloss ich die Haustür und folgte ihr.

Als ich das muffig riechende Wohnzimmer betrat, saß sie auf dem Sofa und blickte mich ausdruckslos an.

Ich hätte eigentlich etwas zu ihrer Situation sagen müssen, sie fragen, wie es ihr ging, ob sie zurechtkam, ob sich jemand um sie kümmerte, aber ich wusste schlicht nicht, wie ich das anstellen sollte. Jede Frage, die mir in den Kopf kam, wirkte deplatziert angesichts dessen, was ihr zugestoßen war. Daher kam ich einfach zur Sache. »Mir geht diese Geschichte von eurem Hauskauf nicht mehr aus dem Sinn«, begann ich. »Hat der Familienvater damals wirklich so erbost reagiert?«

Sie nickte und blickte eine Weile ins Leere. »Das war wirklich unheimlich«, sagte sie nach einer Weile. »Der war völlig außer Rand und Band, und ich dachte, der geht auf uns los.«

Ich blickte sie gespannt an. Sie atmete tief ein und wieder aus. »Es war vielleicht nicht ganz in Ordnung, wie das ablief. Wir haben dem Makler einfach Bargeld in die Hand gedrückt, nicht zu wenig, und der hatte sofort Vertrag und Stift in der Hand. Ich meine, man hört diese Geschichten, aber ich hätte nie gedacht, dass das wirklich so abläuft.«

»Und woher hattet ihr so viel Geld?«, fragte ich vorsichtig.

»Wir haben beide von unseren Eltern was bekommen. Ich habe keine Geschwister und Michael nur einen Bruder, die waren alle sehr großzügig. Dann haben wir noch einen Kredit aufgenommen. Wir haben damals beide voll gearbeitet, hatten keine Kinder, da kann man schon mal etwas abbezahlen jeden Monat.«

Ich nickte.

Plötzlich stand sie auf. »Klar, kurz hab ich mich auch gefragt, kann man das machen, aber andererseits, so läuft es halt nun mal, oder? Wir hatten das Geld, die andere Familie nicht. Soll ich mich jetzt die ganze Zeit schuldig fühlen, oder was?«

Sie setzte sich wieder.

Insgesamt klang es für mich so, als wäre der verprellte Käufer durchaus jemand, mit dem man sich näher beschäftigen sollte. Ich würde dem nachgehen.

»Und noch eine Frage«, sagte ich, »du meintest, du vertraust Buschmann, also Pascal, nicht mehr.«

Sie sah mich irritiert an. »Hab ich das gesagt?«

Ich nickte. »Ja, als du bei mir warst.«

»Ah ja, stimmt wohl.«

Sie schwieg eine Weile.

»Willst du einen Tee?«, fragte sie dann und erhob sich.

Ich folgte ihr in die Küche, wo sie den Wasserkocher einschaltete und zwei Tassen aus dem Schrank holte.

»Pascal hat versucht, sich mit mir zu verabreden. Einmal stand er sogar unangekündigt vor der Tür. Wollte einen Kaffee irgendwo trinken. Ich habe immer abgelehnt, hab aber Michael nichts davon erzählt. Ich wusste nicht, was das sollte, Pascal ist doch auch verheiratet und war Michaels Freund. Wieso macht man so etwas?«

Der Buschmann, dachte ich. Wer hätte das gedacht? Bezirzte die Frau eines Kollegen und Freundes. Wieder so etwas, was sich unbemerkt unter der Oberfläche abspielte.

»Corinna, ich weiß es nicht«, sagte ich hilflos.

Zugegeben, Silke Buschmann war eine etwas verbissene und auch nicht sonderlich humorvolle Frau. Machte unglaublich viel Sport, an der Grenze zur Obsession. Ich konnte mir vorstellen, dass Pascal Buschmann mit seiner lebensfrohen und lässigen Art etwas in Corinna Menzel sah, was er in seiner Frau vermisste. Zumal Corinna Menzel, von ihren Hauskleidung einmal abgesehen, als durchaus attraktiv bezeichnet werden konnte. All das konnte ich Corinna Menzel aber jetzt nicht sagen.

Ich entschuldigte mich kurz und ging ins Bad. Dort zog ich einen kleinen Plastikbeutel aus meiner Jackentasche, entfernte ein paar Haare von der Haarbürste und tat sie in den Beutel. Dann betätigte ich die Klospülung und ging wieder hinaus.

Ich erschrak, als Corinna Menzel im Flur vor mir stand. Hatte sie Verdacht geschöpft? Sie starrte mich an.

»Manchmal glaube ich«, sagte sie, »er wollte das Kind gar nicht so sehr wie ich. Er war ...«, sie rang nach Worten, »... so abwesend in letzter Zeit. Selbst wenn er da war. Aber er war auch oft unterwegs. Traf sich mit Kollegen oder ging alleine spazieren. Wollte den Kopf frei kriegen, hat er gesagt. Wir haben gar nicht mehr viel gemeinsam unternommen. Vielleicht hätte ich ihm besser zuhören sollen.«

Was sollte man darauf sagen? Diese Art von Gesprächen fiel mir schon unter weniger dramatischen Umständen schwer. Ich murmelte ein paar Floskeln und verabschiedete mich eilig, ihren Tee musste Corinna Menzel alleine trinken.

Auf der Straße wurde mir bewusst, dass ich nun statt eines Problems weniger eines mehr hatte. Was Corinna Menzel mir erzählt hatte, bedeutete nichts anderes, als dass es rein theoretisch einen Verdächtigen mehr gab. Wenn Pascal Buschmann ihr wirklich Avancen gemacht hatte, war Michael Menzel so etwas wie ein Nebenbuhler. Und daher jemand, der ihm im Weg stand. Ich musste aufpassen, dass mir nicht die Gäule durchgingen. Es waren mittlerweile zu viele Theorien. Es wurde Zeit, dass ich ein paar ausschließen konnte.

22.

Punkt zwanzig Uhr war ich am Turm. Oben brannte wieder das flackernde Kerzenlicht. Diesmal war die Eingangstür geöffnet. Offenbar musste ich nun nicht mehr eigens hereingelassen werden, ich durfte selbst eintreten. Als ich das Turmzimmer betrat, war die Gesellschaft bereits anwesend. Wieder waren alle vor mir eingetroffen.

Ich hängte meinen Mantel über die Lehne eines seitlich stehenden Stuhls und befühlte kurz mein Sakko, das ich anbehielt. In dessen Innentasche trug ich Bettys Diktiergerät. Es war eingeschaltet und mit einem kleinen Mikrofon verbunden, das ich an der Innenseite meines Kragens befestigt hatte.

In einer der Seitentaschen steckte die Kamera, griffbereit.

Die Gruppe erhob sich, und von Bülow winkte mich zu sich zu seinem Tisch an der Stirnseite vor dem Kamin.

»Verehrte Gesellschaft, begrüßen Sie mit mir in dieser eigens einberufenen Versammlung unser neues

Mitglied, Herrn Gregor Horvath«, sagte er laut und erhob sein Rotweinglas.

Er gab mir die Hand und sagte: »Willkommen. Wir freuen uns sehr.«

Nestroy, der wieder neben von Bülow saß, reichte mir ebenfalls die Hand und zwinkerte mir zu.

Ich blickte in die Runde und sah in feierliche, wohlwollende Gesichter. Mein Blick blieb an dem von Mölders hängen. Er nickte mir zu, und ich nickte zurück.

»Herr Horvath«, sagte von Bülow feierlich, »indem Sie mir nachsprechen, verpflichten Sie sich, unsere Grundpfeiler ausnahmslos zu achten. Sind Sie bereit?«

Ich nickte.

»Communiter«, sagte er.

»Communiter«, sagte ich.

»Communiter«, murmelte die Gruppe.

»Pro bono.«

»Pro bono.«

»Secreto.«

»Secreto.«

Gläser wurden gehoben. Wir tranken. Und dann war ich Mitglied des *Sodalicium*, von dem ich vor einer Woche noch nicht einmal geahnt hatte, dass es existierte.

»Werte Freunde«, sagte von Bülow, »ich möchte mich noch kurz mit unserem neuen Mitstreiter unterhalten. In ein paar Minuten geht es weiter mit der Tagesordnung.«

Ich war fast ein wenig enttäuscht darüber, dass dies das gesamte Zeremoniell gewesen sein sollte. Ich wusste nicht, was ich erwartet hatte, aber ein wenig mehr war es schon gewesen. Vielleicht etwas mit Feuer oder Blut?

Alle setzten sich und begannen miteinander zu reden.

»Herr Horvath«, sagte von Bülow zu mir gebeugt, »wenn Sie mir die Frage gestatten: Wie kommt es, dass Sie alleinstehend sind? Ein attraktiver Mann wie Sie?«

Ich wusste nicht, ob er einen Scherz machen wollte, wunderte mich aber nicht, dass ihm die wichtigsten Fakten aus meinem Privatleben bekannt waren. Die Herren hatten sich sicher ein genaues Bild von mir gemacht.

»Ich unterrichte Deutsch und Geschichte«, entgegnete ich eingedenk der Korrekturintensität dieser beiden Fächer und ignorierte den Stich im Herzen, den mir der Gedanke an Rosa versetzte. »Glauben Sie, ich hätte Zeit für die Ehe oder gar eine Familie?«

»Heirate oder heirate nicht, du wirst es bereuen«, zitierte von Bülow Sokrates und lächelte. »Aber Sie scheinen Ihren Beruf ernst zu nehmen, das freut uns zu hören.«

»Sie sagen es«, antwortete ich, »aber darf ich Sie auch etwas fragen?« Zeit, den Herrschaften etwas auf den Zahn zu fühlen.

»Nur zu.«

»Wie treffen Sie hier Entscheidungen, einstimmig?«

»In aller Regel ja.«

»Und wenn jetzt beispielsweise jemand einen förderungswürdigen Schüler vorschlägt, dieser Vorschlag aber nicht von allen geteilt wird, was passiert dann?«

»Nichts«, sagte von Bülow. »Vetos dürfen vorgebracht und begründet werden, dann wird abgestimmt. Wenn es Gegenstimmen gibt, erhält der Schüler unsere Unterstützung nicht.«

»Wie genau sieht diese Förderung eigentlich aus?«

Von Bülow trank von seinem Wein.

»Das ist von Fall zu Fall verschieden. Zunächst erkundigen wir uns, was der Schüler oder die Schülerin will. Was sind die Pläne für die Zukunft? Dann prüfen wir, welcher Abischnitt dafür nötig ist oder welche Lücken im Lebenslauf wir sehen. Gerade in angelsächsischen Ländern ist freiwillige soziale Arbeit wichtig. Gibt es da Lücken, sorgen wir dafür, dass diese gefüllt werden. Und nach dem Abitur lassen wir unsere Kontakte spielen, um unseren Schützling angemessen unterzubringen, an einer unserer Kontaktunis oder Colleges oder in einem der Konzerne oder anderen Organisationen, mit denen wir verbunden sind. Kürzlich haben wir einen ehemaligen Schüler in der UN untergebracht. Wissen Sie, wie schwer das ist, da auch nur einen Praktikumsplatz zu bekommen?«

Ich hatte davon gehört. Was mich aber in dem Moment viel mehr interessierte, war von Bülows Aussage zum Abischnitt. Was hatte er gesagt? *Wir prüfen, welcher Abischnitt nötig ist.*

»Und, wenn ich fragen darf«, hakte ich nach, »wie bekommt der Schüler dann den benötigten Abischnitt? Was tun Sie da genau?«

Von Bülow sah mich prüfend an. »Sie fragen, ob wir hier unlauter vorgehen, verstehe ich Sie richtig?«

»Nun ja, wenn Sie so fragen, ja. Halten Sie es denn nicht für denkbar, dass vom *Sodalicium* Druck auf Lehrer ausgeübt werden könnte?«

Von Bülows Miene verfinsterte sich für einen Moment, er sah kurz zu Nestroy, der neben ihm saß und, wie mir jetzt klar wurde, die ganze Zeit aufmerksam zugehört hatte.

Ich bewegte mich auf dünnem Eis, das war mir bewusst. Ich durfte nicht zu früh aus der Deckung kommen, andererseits wollte ich von Bülow aus der Reserve locken. Ich stellte erfreut fest, wie ruhig ich dabei blieb. Endlich einmal ein Vorteil, emotional so ausgeglichen zu sein (um das Wort *gefühlskalt* zu vermeiden, wie Rosa es verwendet hätte). Andererseits stimmte das ja gar nicht. Denn ehrlich gesagt begann mir die Sache Spaß zu machen.

»Wollen Sie auf etwas Bestimmtes hinaus, Herr Horvath?«, fragte von Bülow und sah mich scharf an.

»Ich könnte Ihnen aus eigener Erfahrung von einer Konfrontation mit einer hier anwesenden Person berichten, und ich frage mich, ob es sich hier um einen Alleingang handelt, also einen Zufall, oder nicht?«

Von Bülow sah mich eine Weile ernst an. »Das *Sodalicium* duldet keine Alleingänge. Aber möglicherweise ahne ich, von was oder, besser, von wem Sie sprechen.«

Er erhob sich, ging zu Mölders hinüber und flüsterte ihm etwas ins Ohr.

Mölders stand auf, die beiden kamen zu mir herüber und setzten sich.

»Olaf«, sagte von Bülow zu Mölders, »Herr Horvath hat etwas auf dem Herzen.«

Von Bülow hätte mir das netterweise auch abnehmen können, Mölders zu konfrontieren, aber gut, dann eben nicht.

»Nun, da wir ja quasi Brüder im Geiste der guten Sache sind«, begann ich, »möchte ich Sie bitten, weder mich noch andere Kollegen weiterhin wegen der Noten Ihres Sohnes zu bedrängen.«

Mölders' Miene verfinsterte sich. Es brodelte unter der Oberfläche, aber er versuchte Haltung zu bewahren.

Er sah mich an. Dann von Bülow. Der blickte durchdringend und, wie ich zu sehen glaubte, beschwörend in Mölders' Gesicht. Alles schien möglich. Erneut wartete ich ab.

Die Sekunden verstrichen.

Schließlich atmete Mölders durch, und seine Anspannung löste sich. Es war vorbei. Er nickte und versuchte zu lächeln.

Im Schein der Kerze neben ihm sah ich ein Haar auf seiner Anzugjacke. Ich nahm es und tat so, als würde ich es mit den Fingern wegschnippen. Er sah meiner Hand überrascht nach.

»Ein Haar, verzeihen Sie.«

»Aha«, sagte er irritiert.

Ich erhob mein Glas.

»Salut.«

Er zögerte, dann stand er auf und holte das seine.

»Salut.«

»Zum Wohl«, sagte von Bülow sichtlich erleichtert. »Auf gute Zusammenarbeit.«

Ich trank, stand auf und ging nach draußen, eilte ein Stockwerk nach unten vor die Tür meines Kabuffs, wo mich niemand sehen konnte. Ich befürchtete das Schlimmste, als ich die Hand öffnete. So eine Chance würde so schnell nicht wieder kommen. Erleichtert sah ich Mölders' Haar. Ich holte mit der anderen Hand einen Plastikbeutel aus der Jacke und tat es hinein.

Es ging voran. Zwei Haare für Betty.

Dann zog ich das Diktiergerät aus meiner Tasche und lauschte der Aufnahme. Sie war gedämpft, aber man verstand das meiste, was in meiner unmittelbaren Umgebung gesprochen worden war.

Später würde ich noch versuchen, ein paar Bilder zu machen. Ich bereitete die Kamera vor und dachte nach.

Ein Ergebnis des Abends war die Erkenntnis, dass Mölders offenbar nicht im Namen des Zirkels handelte. Also war der Druck auf Menzel alleine Mölders geschuldet und hatte nichts mit Menzels Mitgliedschaft im Zirkel zu tun. Das hieß aber nach wie vor, dass Mölders höchst verdächtig war. Und auch von Bülow war noch nicht aus dem Rennen. Ich kehrte zurück ins Turmzimmer.

Niemand beachtete mich, als ich eintrat. Das war die einzige Möglichkeit, heute Abend ein Foto zu machen. Ich nahm die Digitalkamera aus der Tasche, hielt sie in Hüfthöhe mit einer Hand neben mich und drückte mit dem Daumen ein paarmal auf den Auslöser. Mit viel Glück würde darauf etwas zu erkennen sein.

Von Bülow erhob sich und klopfte mit einem Löffel gegen sein Glas.

Augenblicklich verstummten alle Gespräche, und die Runde wandte sich Richtung Stirnseite.

»Die Herren, gestatten Sie, dass ich, nachdem wir unser neues Mitglied aufgenommen haben, in der Tagesordnung fortfahre.« Er zog ein Blatt hervor und blickte kurz darauf.

»Nächster Punkt. Das Abitur in diesem Schuljahr. Arne, würdest du dich darum kümmern? Das hat ja letztes Jahr hervorragend geklappt.«

»Ja«, sagte ein mir unbekannter Mann. »Ich bin nächste Woche in Stuttgart, da schau ich im Ministerium vorbei und rede mit meinem Mann dort.«

Irritiert folgte ich diesem Wortwechsel. Worum ging es hier?

Ich überlegte, ob ich nachfragen sollte, entschied mich aber dagegen. Ich wollte nicht zu neugierig wirken.

Den nächsten Punkt – es ging um konkrete Schüler, die das *Sodalicium* unter seine Fittiche nehmen wollte – verfolgte ich nur oberflächlich, denn meine Gedanken rotierten. Hieß das, der Zirkel hatte Zugang zu den Abituraufgaben, oder war das alles ganz harmlos? Sah ich überall Hinweise, nur weil ich es genoss, Detektiv zu spielen? *»Der Mann mit dem Hammer sieht in jedem Problem einen Nagel«*, sagt Mary Debenham in *Mord im Orientexpress* zu Poirot, als er sie vor dem Zug im Schnee befragt. War ich dieser Mann?

Ich konzentrierte mich wieder auf von Bülow.

»Dann kommen wir auch schon zum letzten Punkt«, sagte er gerade. »Der geplante Neubau. Die Bewerbungen auf die Ausschreibung sind komplett. Ich habe sie allen, die etwas davon verstehen, zukommen lassen.

Ich denke, wir sind uns einig, dass das *Sodalicium* geschlossen hinter der Bewerbung unseres verehrten Freundes Hajo Pohl steht.« Seine Hand wies in Richtung eines Mannes, der mir auf den ersten Blick nichts sagte, dafür aber sein Name. Pohl gehörte eines der größten Freiburger Bauunternehmen.

»Gibt es Einwände?«

Niemand meldete sich.

»Gut, dann werde ich das so an die Schulkonferenz weitergeben und in der nächsten Gemeinderatssitzung kommunizieren. Beziehungsweise im Anschluss daran.« Er lächelte vielsagend.

Was hieß das, im Anschluss daran? Beim Wein mit der zuständigen Dezernentin?

Äußerlich stoisch, aber innerlich nun doch einigermaßen aufgebracht, fragte ich mich, wo ich da hineingeraten war. Mir fiel mein Diktiergerät ein. Ich würde das, was hier gesprochen wurde, tatsächlich beweisen können. Auch wenn es mir hauptsächlich um den Fall Menzel ging. Aber ich hatte nun ein Druckmittel. Konnte beispielsweise damit drohen, zur Zeitung zu gehen.

Dann würden sie aus der Deckung kommen müssen. Ich schluckte. War dies auch Menzels Vorhaben gewesen und ihm zum Verhängnis geworden?

Falls dem so war, würde ich – im Gegensatz zu Menzel – vorbereitet sein.

23.

Dienstag

Morgen, Herr Kollege«, sagte Buschmann, als ich in sein Auto stieg.

»Morgen auch. Frau Gemahlin wieder krank?«

»Hat die erste frei heute. Die Glückliche.«

»Es sei ihr gegönnt«, sagte ich. »Sag mal, warst du noch mal bei Corinna Menzel die letzten Tage?«

»Nö, wieso?«

Der aggressive Unterton blieb mir nicht verborgen.

Was machte ich hier eigentlich? Befragte ich jetzt wirklich meinen Kollegen Buschmann, weil ich ihn für verdächtig hielt, Michael Menzel zum Fenster hinausgeworfen zu haben?

Ihr werdet Land riechen, wo keins ist. Ein Satz aus *Moby Dick* wurde aus den Untiefen meines Gedächtnisses nach oben gespült. Ging es mir wie Kapitän Ahab? Jagte ich ein Phantom oder, schlimmer noch, würde mich meine Suche nach der Wahrheit am Ende in Gefahr bringen – so wie die Jagd nach dem weißen Wal die Besatzung der *Pequod?* Mich schauderte. Andererseits konnte ich nicht mehr aufhören. Ich wollte dem nun nachgehen, und wenn ich dafür Buschmann aushorchen musste. Vielleicht, dachte ich, ging es mir aber auch gar nicht in erster Linie darum, die Antwort zu finden, am Ende war es die Jagd, die mich nicht losließ. Solange sie dauerte, musste ich nicht zurück in den alten Trott.

»Ich dachte, ihr seid befreundet«, sagte ich knapp.

»Mhm«, brummte er. »Stimmt ja auch. Kam einfach nicht dazu. Müsste mal hin, jaja.«

Sollte ich es dabei bewenden lassen oder nachlegen? Bisher war die Frage noch einigermaßen unverfänglich gewesen.

»Wann ist noch mal die Trauerfeier, am Wochenende, oder?«

»Ja, Freitagnachmittag, glaube ich.«

»Nicht Samstag, war die nicht am Samstag?«

»Ja, vielleicht auch Samstag, was weiß ich? Schau halt im Lehrerzimmer am Schwarzen Brett, da steht es.«

Nun war die Aggression in seiner Stimme nicht mehr zu überhören.

»Du weißt ja«, sagte ich, »willst du etwas geheim halten, hänge es ans Schwarze Brett.«

Er grinste. »Der ist gut. Sorry. Ich bin einfach nicht gut drauf in letzter Zeit. Das ist doch alles eine Riesenscheiße.«

Ich nickte. »Entschuldigung angenommen.«

Mit Buschmann stimmte etwas nicht. So launisch kannte ich ihn nicht.

In der Schule war ich an diesem Tag nur halbherzig bei der Sache. Selten war ich schlechter vorbereitet gewesen, teilweise passte das fürchterliche Wort *Schwellendidaktik* zu meinem Unterricht, das hieß, ich überlegte mir auf dem Weg ins Klassenzimmer, was ich im Unterricht machen würde.

Der übliche Unfug zog an mir vorbei. Ein Schüler sollte ein Referat halten und meinte, er könne nicht, weil sein Drucker am Vorabend aus heiterem Himmel kaputtgegangen war.

Irgendwann fielen ein paar Schneeflocken, und ich musste den Unterricht beinahe abbrechen, weil die Schüler deshalb völlig außer sich gerieten.

Auf dem Weg in die zweite Stunde lief Merlin vor mir. Mir kam eine Idee.

»Merlin, warten Sie mal kurz!«

Er sah mich düster an, verlangsamte aber seinen Schritt.

»Ich habe Ihre Präsentation neulich unterbrochen, richtig?«

Er nickte düster.

»Ich möchte mich deswegen entschuldigen.«

Er sah mich undurchdringlich an.

»Was wollten Sie denn noch sagen? Was wäre für Sie die grausamste Art, Menzel zu töten?«

In seinen Augen leuchtete etwas auf. »Der Mörder ist der eigentliche Vater vom Kind des Ehepaars Menzel. Der Mörder hatte eine Affäre mit Frau Menzel, und zwar aus dem einzigen Grund, mit ihr ein Kind zu zeugen. Nicht um Menzels Platz einzunehmen, sondern um ihn kurz vor seinem Tod genau darüber zu informieren. Und dann sagt er ihm, wenn er nicht springe, würde er beide töten, seine Frau und das ungeborene Kind. Nur wenn er springt, kann er deren Leben retten.«

Ich starrte Merlin an. Er lächelte. Er genoss das. Der Junge war krank, so viel stand fest. Aber war da noch mehr? War er dazu imstande, solche Ideen in die Tat umzusetzen? Ich dachte an Tims Amokliste und versuchte, mir meine Abscheu vor Merlin nicht anmerken zu lassen.

»Gut, danke, Merlin. Für wie plausibel halten Sie Ihre Theorie selbst?«

Er lächelte wieder dieses unheimliche Lächeln.

»Schon möglich, oder?«, sagte er.

In der ersten großen Pause lief mir Lucy über den Weg. Sie zeigte mir den Hochdaumen und danach das Victory-Zeichen. Zwei ausgestreckte Finger. Ich deutete das so, dass sie zwei von drei Aufträgen erfüllt hatten. Sie waren schnell. Betty hatte ich am gestrigen Abend noch erreicht, sie wollte versuchen, im Lauf des

Vormittags zur Schule zu kommen und meine Haarsammlung abzuholen.

Ich öffnete eine Klassenzimmertür und winkte Lucy, mir zu folgen.

Sie zog einen Plastikbeutel hervor, der voller weißer Partikel und ein paar schwarzer Haare war.

»Was ist das, Kokain?«

»Hauptsächlich Merlins Schuppen«, sagte sie und grinste. »Ein paar Haare müssten auch dazwischen sein.«

»Sehr gut. Und die Nummer zwei?«

Sie zog einen weiteren Beutel hervor, auf dem mit Edding *Dennis* geschrieben stand.

»Fehlt noch einer.«

»Charlotte kümmert sich heute Nachmittag drum. Dieser Johannes hatte ja immer einen Crush auf Charlotte, da freut er sich sicher, wenn sie bei ihm vor der Tür steht.«

Ich räusperte mich.

»Er hat *was?*«

Lucy tat verlegen. »Er schien Gefühle für sie zu hegen.«

»Schon besser.«

»Da bin ich aber froh.«

»Gut. Aber nun, husch, hinfort in den Unterricht mit Ihnen.«

»Aber sicher«, sagte sie und ging hinaus.

Ich folgte ihr und eilte Richtung Lehrerzimmer.

Nestroy kam mir entgegen.

»Ich wollte Ihnen nur sagen«, raunte er, »dass ich das sehr gut fand, was Sie da gestern Abend gemacht haben. Sie wissen schon, das mit den Noten von Dennis. Mir missfällt das Verhalten seines Vaters doch sehr.«

Ich murmelte »Danke« und ging weiter.

Frau Schwan, die Sekretärin, hielt mich auf. »Herr Horvath, man sucht Sie.«

»Wer denn?«

»Na, die Kriminalpolizei.«

War ich jetzt plötzlich auch verdächtig? Waren es nicht schon genügend Verdächtige für einen einfachen Mathelehrer?

»Diese Frau DeVille.«

»Betty?«, rief ich etwas zu laut.

»Ja, genau.«

»Sehr gut, danke.«

»Sie wartet im …« Weiter kam Frau Schwan nicht, da stand Betty schon vor mir.

»Äh, da ist sie ja schon«, sagte Frau Schwan.

»Ja, das sehe ich.«

»Ja, gut, dann will ich Sie beide mal alleine lassen, nicht wahr?« Sie zwinkerte mir zu und kicherte verlegen.

Betty und ich sahen ihr gleichermaßen verblüfft nach.

Dann blickte Betty mich an und sagte nichts.

»Kommen Sie!« Ich ging mit ihr zu dem Klassenzimmer, in dem ich eben mit Lucy gewesen war, und öffnete die Tür.

Drinnen zog ich sämtliche Plastikbeutel hervor, alle säuberlich beschriftet mit den Namen Mölders junior und senior, Merlin und Corinna Menzel.

»Ganz schön fleißig.«

»Nicht wahr?«

Sie nahm die Beutel entgegen.

»Mutter und Sohn Ritter fehlen noch. Die folgen heute Abend, spätestens morgen.«

Wir sahen uns wortlos an. Ich wurde verlegen. Das passierte mir im Grunde nie.

»Hier«, sagte Betty schließlich und reichte mir ein Stück Papier. Darauf standen ein Name und eine Freiburger Adresse.

»Der verprellte Hauskäufer.«

Ich nickte erfreut.

»Also dann.« Sie gab mir die Hand, bevor ich etwas sagen konnte, drehte sich abrupt um und ging hinaus. Ich folgte ihr.

Draußen vor der Glasscheibe mit Blick auf die Klassenzimmertür standen Tarik und Tim und fuchtelten mit den Händen.

Ich ging hinaus zu ihnen.

»Herr Horvath, Sie alter Schwerenöter«, rief Tarik

glucksend. Tim konnte sich kaum noch halten und zeigte ständig den Hochdaumen.

Auch so eine Unart, dachte ich, immer alles *supi* oder was. Daumen hoch. Alles easy. Chill dein Leben.

»Worum geht es eigentlich?«, fragte ich, obwohl ich es ahnte.

»Wir haben alles beobachtet«, kicherte Tim.

»Dass Sie beide sich nicht schämen«, sagte ich streng, »wir haben hier eine Mission zu erfüllen. Etwas mehr Ernst, wenn ich die Herren bitten dürfte. Außerdem, was gab es da eigentlich zu sehen?«

Tarik grinste breit. »Sie haben uns doch beigebracht, dass der Subtext wichtiger ist als die Oberfläche. Daher würden wir sagen: eine ganze Menge.«

Ich blickte sie streng an.

»Verzeihen Sie unsere Albernheit«, sagte Tarik.

»Nun gut«, sagte ich und drehte mich um, damit sie mein Lächeln nicht sahen.

24.

Ich hatte nur bis zur fünften Stunde Unterricht und war auf dem Weg Richtung Bushaltestelle, als ich zu spüren glaubte, wie mich jemand beobachtete. Ich drehte mich um, konnte jedoch niemanden entdecken. Seltsamerweise war diese Ecke des Schulgeländes, zwischen Müllcontainern und Lehrerparkplatz, vollkommen menschenleer. Als ich weiterging, hörte ich dennoch Schritte hinter mir. Ich sah mich um und meinte einen Schatten hinter einem geparkten Auto verschwinden zu sehen. Eilig ging ich weiter und bog abrupt hinter einem Müllcontainer ab, wo ich mich bückte, als müsste ich mir die Schuhe binden. Aus meiner Hockstellung blickte ich auf – und sah ein Paar Anzugschuhe am Container vorbeilaufen. Ich schlich hinter dem Container herum, um meinen Verfolger von hinten überraschen zu können.

Aber da war niemand.

Zumindest nicht gleich.

Denn nur wenige Augenblicke später wurde ich am Kragen gepackt und gegen den Container gestoßen.

Ich drehte mich um und sah in Mölders' wutverzerrtes Gesicht. Er roch nach Alkohol.

»Ich mach Sie fertig!«, presste er hervor.

Ich sammelte mich, schloss kurz die Augen und sagte: »Was soll das? Mir reicht das jetzt mit Ihnen! Ich werde von Bülow anrufen und dafür sorgen, dass er Sie ruhigstellt.«

»Von Bülow?« Mölders wirkte überrascht. »Was hat denn der damit zu tun? Das ist eine Sache zwischen mir und Ihnen!«

»Wir sind beide Mitglieder im *Sodalicium*, und wenn Mitglieder so miteinander umgehen, dann weiß ich nicht, was dieser Wahlspruch *communiter* soll ...«

»Hören Sie«, presste er hervor, »von Bülow und ich kennen uns seit der Grundschule. Wir haben hier zusammen Abitur gemacht. Wenn es hart auf hart kommt, glauben Sie doch nicht, dass so ein dahergelaufenes Greenhorn wie Sie gegen unser Bündnis irgendetwas ausrichten kann!«

Ich starrte ihn an. Was versuchte er mir zu sagen? Kam das einer Art Geständnis gleich? Gab er zu, dass von Bülow ihn decken würde, was auch immer er getan hatte?

»Hören Sie, Mölders, ich werde Ihrem Sohn nichts schenken. Wenn Sie das von mir erwarten, müssen Sie sich etwas anderes einfallen lassen!«

»Das werde ich, verlassen Sie sich drauf! Ich kann

dafür sorgen, dass Sie Ihres Lebens nicht mehr froh werden!«

Ganz ruhig sagte ich: »Ich weiß, was Sie getan haben. Und ich werde Sie dafür drankriegen.«

Natürlich wusste ich überhaupt nichts. Aber er sollte ruhig glauben, ich hätte etwas gegen ihn in der Hand. Im günstigsten Fall machte es ihn nervös und verleitete ihn zu einem Fehler.

Er starrte mich wütend an. »Ich weiß nicht, was Sie da reden!«

»Sie werden es erfahren«, erwiderte ich würdevoll, drehte mich um und ging weiter zur Haltestelle.

Es tat weh, als Mölders sich hinterrücks auf mich stürzte. Er drückte mir seine angewinkelte Armbeuge gegen den Kehlkopf und drückte zu.

Während meines Studiums hatte ich mich mehr und mehr mit dem Kampfsportaspekt des Schattenboxens beschäftigt. Viele Menschen wissen nicht, dass Tai-Chi ursprünglich eine der komplexesten Kampfkünste im alten China war, eine Selbstverteidigungstechnik, bei der man Angriffe des Gegners weich und sanft aufnahm, ohne das innere Gleichgewicht zu verlieren. Es forderte jahrelange Übung, um schließlich das Fa Jin zu beherrschen, die Fähigkeit, die innere Energie wie einen Pfeil abzuschießen.

Meister Shixin wurde mein Lehrer und mein Meister. Er zeigte mir den Wechsel zwischen Langsamkeit und explosiven Bewegungen. Die Idee dahinter war, auf Angriffe des Gegners nicht mit bestimmten Kontertechniken zu reagieren, sondern die Kraft des Gegners auszunutzen und gegen ihn selbst zu wenden. Irgendwann war man in der Lage, mit einer vermeintlich sanften Bewegung einen Mann durch einen Raum zu schleudern – und zwar so, dass sich die Bewegung jenseits der Wahrnehmungsschwelle des Mannes abspielte.

Ich hatte gelernt, die Zeit zu kontrollieren. Zumindest ein wenig. Bewegungen des Gegners, die diesem schnell vorkamen, nahm ich wie in Zeitlupe wahr. Das gab mir die Zeit, auf eine Art darauf zu reagieren, die mir in dem Moment langsam und überlegt vorkam, dem Gegner jedoch blitzschnell.

Ich stieß Mölders den Ellenbogen in den Magen, hörte ihn stöhnen, trat einen Schritt nach vorne, drehte mich um und schlug unmittelbar zu. Es war ein einziger gezielter Schlag auf Mölders' Hals, den ich auf den Punkt genau setzte. Ich sah an seinem Blick, dass er nicht mitbekommen hatte, was geschehen war. Der Schlag hatte zwei Konsequenzen: Mölders blieb für einige Sekunden die Luft weg, und er würde in den nächsten Minuten keinen Ton herausbekommen, was von Vorteil war, weil er so auch nicht zu schreien vermochte. Verblüffung las ich in seinen Augen, nach einigen Augenblicken abgelöst durch Entsetzen. Als er wieder Luft bekam, senkte er den Kopf und stützte die Arme auf die Knie. Er hatte Schwierigkeiten, das Gleichgewicht zu halten. Das war eine weitere Folge. Er würde eine Weile damit zu kämpfen haben.

Ich sah ihn an und konnte mir nicht helfen: Es hatte gutgetan.

Ich klopfte ihm auf die Schulter und ließ ihn stehen. Er würde es überleben.

Mein Ziel war nun doch nicht die Innenstadt, sondern die Redaktion der *Badischen Zeitung*. Die Begegnung mit Mölders ließ mir keine Wahl. Ich beschloss, Druck auf das *Sodalicium* auszuüben.

Mölders traute ich mittlerweile alles zu. Menzels Kompromisslosigkeit bei den Noten oder seine Vorstöße, um das naturwissenschaftliche Profil der Schule auf Kosten des musisch-altsprachlichen zu stärken, klangen zunächst nicht nach zwingenden Motiven, ihn loszuwerden, aber ich hatte Mölders gerade erlebt. Hinzu kamen die Dinge, die ich gestern Abend erfahren hatte. Wenn mich nicht alles täuschte, war da von Betrug und Korruption im großen Stil gesprochen worden. Das hatte eine Dimension, die zum Mord führen mochte, zum Beispiel an jemandem, der an die Öffentlichkeit gehen wollte.

Ich verlangte nach Constanze Kimmig, einer Redakteurin, deren investigativ recherchierte Artikel regelmäßig einigen Staub aufwirbelten. Sie war in ihrem Büro.

Ich erzählte ihr alles übers *Sodalicium*. Nicht das mit dem Mord, aber sonst alles, was ich wusste.

Die Redakteurin hörte aufmerksam zu. Als ich geendet hatte, sagte sie: »Wenn Sie meine Arbeit kennen, wissen Sie, dass ich allem gegenüber aufgeschlossen bin, was von Bülows …«, sie suchte nach dem passenden Wort, »… Machenschaften ans Licht bringt. Daher nun die entscheidende Frage, Herr Horvath …«

»Ja, ich kann das beweisen.«

Ich zog die Digitalkamera hervor. Von den sechs Bildern, die ich gemacht hatte, waren fünf schwarz und verschwommen. Auf dem letzten konnte man, zwar dunkel und ein wenig unscharf, Nestroy, von Bülow und Mölders am Tischende sitzend erkennen.

Ich zeigte ihr das Bild.

»Ich möchte Sie um eines bitten«, sagte ich. »Was auch immer Sie jetzt unternehmen, warten Sie, bis ich mich wieder bei Ihnen melde, bevor Sie irgendetwas veröffentlichen. Ich würde mein Gespräch mit Ihnen gerne als Druckmittel verwenden.«

»Wofür?«, fragte sie misstrauisch.

»Das kann ich Ihnen nicht sagen.«

»Dann kann ich Ihnen auch nichts versprechen.«

»Ich werde den Beweis mitnehmen und irgendwo

deponieren. Sie erhalten ihn erst, wenn ich Ihnen das Versteck nenne.«

Der endgültige Beweis war natürlich die Tonaufnahme vom Vorabend.

Sie nickte, und wir verabschiedeten uns.

Ich fuhr zum Bahnhof. Dort legte ich das Diktiergerät in ein Schließfach. Ganz kurz beobachtete ich mich selbst dabei. Was machte ich hier eigentlich? Spielte ich hier allen Ernstes einen Detektiv, der ein Diktiergerät in ein Schließfach legte? Sollte ich mich vielleicht noch dauernd verschwörerisch umdrehen, ob mich jemand beobachtete? Was, wenn das alles Unsinn war? Was, wenn Menzel sich einfach umgebracht hatte, weil er an Depressionen litt? *Das Leben ist nur ein wandelnd' Schattenbild.* Guter, alter Shakespeare. Vielleicht sollte man mehr auf die alten Dichter hören. Tat ich aber nicht. Stattdessen machte ich mich auf den Weg zum Stühlinger, dem Stadtteil direkt hinter dem Bahnhof. Dort, in der Clarastraße, wohnte Familie Kaiser, die das Haus, in dem Corinna Menzel jetzt alleine wohnte, so gerne hatte kaufen wollen.

Es war unvermeidlich, dass ich auch die verprellten Hausinteressenten mit in meine Überlegungen einbeziehen musste.

Ich wollte diesem Verdacht nachgehen, sonst war

das Puzzle unvollständig, und sei es nur, um den Vater endgültig auszuschließen.

An dem dreistöckigen Mehrfamilienhaus angelangt, drückte ich auf die Klingel mit dem Namen Kaiser. Der Summer summte, ich trat ein und stieg die Treppen empor.

Eine Frau öffnete die Wohnungstür, im Flur hinter ihr stand ein Mädchen, etwa fünf Jahre alt. Aus einem der Zimmer hörte man, wie jemand unbeholfen Klavier übte.

»Guten Tag, Frau Kaiser, entschuldigen Sie die Störung, mein Name ist Müller, ich bin von der *Badischen Zeitung*«, sagte ich, einer Eingebung folgend und wissend, dass ich mich damit auf ganz dünnes Eis begab.

Sie blickte mich misstrauisch an.

»Ich arbeite an einem Artikel über die Immobilienpreise in Freiburg. Es ist ja ein Riesenproblem, dass gerade junge Familien sich keinen angemessenen Wohnraum mehr leisten können.«

»Ja?«

Etwas hatte ihre Neugierde geweckt, sagte ihr Blick, aber das Misstrauen behielt die Oberhand.

»Und im Gespräch mit einem Makler fiel Ihr Name.«

»War das der Kauder, dieses Arschloch?«, fauchte sie.

»Das darf ich Ihnen leider nicht sagen«, antwortete ich, »aber seien Sie versichert, dass der Mann, mit dem ich gesprochen habe, die Geschichte aus zweiter Hand gehört hatte und nicht selbst involviert war.«

»Aha.« Sie entspannte sich wieder.

»Jedenfalls wollte ich Sie fragen, ob Sie mir eventuell Ihre Geschichte erzählen würden. Ich würde sie gerne verwenden. Anonymisiert, versteht sich.«

Sie rang mit sich, dann bat sie mich hinein.

Ich betrat eine helle, geschmackvoll eingerichtete Wohnung. Das Mädchen im Flur sah mich mit großen Augen an. Im Wohnzimmer, das ich nun betrat, saß ein Junge am Klavier und hörte auf zu spielen, als er mich sah. Mir fiel ein schöner, schwerer Teakholztisch im Essbereich auf, ein Bücherregal mit alten Weinkisten, nichts von Ikea, stattdessen eine Bulthaup-Küche, teure Stühle und Sessel. Hier hatte jemand Ideen und offensichtlich auch das nötige Geld, sie umzusetzen. Von der Stange war hier kaum etwas.

»Setzen Sie sich doch bitte.«

Ich setzte mich auf einen Thonet-Lounge-Sessel.

Die Kinder versammelten sich um ihre Mutter und blickten mich aus großen Augen an.

»Dann erzählen Sie doch mal, wie das damals war«, sagte ich.

»Wir suchen seit Langem«, begann sie. »Seit die Marie auf der Welt ist, wussten wir, dass diese Wohnung zu klein werden würde. Ein Mädchen und ein Junge zu zweit in einem Zimmer, das geht nicht ewig gut.«

Erst jetzt sah ich, wie erschöpft Frau Kaiser aussah.

»Schreiben Sie denn gar nicht mit?«, fragte sie – und die Frage war durchaus berechtigt. Leider hatte ich keinen Block bei mir.

»Ich habe ein gutes Gedächtnis.«

Sie starrte mich kurz an, erzählte dann aber weiter.

»Erst wollten wir ja mieten, aber Vierzimmerwohnungen sind stadtnah zu einem reellen Preis gar nicht zu bekommen. Das sind Fantasie-Mieten dort, das ist doch Wahnsinn!«

Das stimmt, dachte ich, denn ich wusste, wovon sie redete.

Sicher, ich hatte keine Familie, und es machte mir nichts aus, gutes Geld für meine Wohnung auszugeben. Trotz der hohen Miete und meiner Leidenschaft für teure Rotweine hatte ich jeden Monat etwas übrig. Und da mir auch der Wille zur Jacht fehlte, würde ich dereinst wohl reich ins Heim müssen.

»Wir, mein Mann und ich, sind beide Lehrer, wir brauchen ein großes Arbeitszimmer. Das bedenkt man ja gar nicht, wenn man Lehrer wird, dass man immer ein Arbeitszimmer braucht. Hier, schauen Sie!«

Sie führte mich durch den Flur in ein Zimmer, offensichtlich das Schlafzimmer, in dem das Ehepaar auch noch Bücherregale und einen Schreibtisch untergebracht hatte.

»Wir arbeiten im Schlafzimmer! Als wären wir Studenten. Stellen Sie sich das mal vor! Wir haben beide Vollzeitjobs und arbeiten im Schlafzimmer!«

Ich wandte mich mit Grausen ab.

»Der Unterschied bei der Miete zwischen drei und vier Zimmern sind gleich fünfhundert Euro«, fuhr sie fort. »Und dabei brauchen wir ja eigentlich fünf Zimmer.«

Wir gingen zurück ins Wohnzimmer, wo die Kinder schweigend auf uns warteten.

»Dann haben wir nach etwas zum Kaufen geschaut. Es war ja vor der Finanzkrise schon schlimm, aber seitdem sind alle Dämme gebrochen. Wir haben Bruchbuden besichtigt, für eine halbe Million. Wir waren bei einer Hausversteigerung in Littenweiler mit achtzig anderen Interessenten. Wenn man ein Angebot abgeben wollte, sollte man dreißigtausend Euro in Cash mitbringen, sonst ging gar nichts. Man wollte uns Wohnungen anbieten für mehrere Hunderttausend Euro, da war das Klo im Treppenhaus!«

Ich schüttelte den Kopf angesichts dieser Ungeheuerlichkeiten.

Sie redete sich zunehmend in Rage – die Worte sprudelten nur so aus ihr heraus. Die Haussuche, die Sehnsucht nach einem Eigenheim, schien das bestimmende Thema ihres Lebens.

»Mein Mann und ich verdienen beide ordentlich, wir bekommen problemlos Kredite von der Bank, und wir müssen *so* wohnen«, sie zeigte mit der Hand Richtung Schlafzimmer, »weil wir nichts finden oder uns nichts leisten können. Das ist doch nicht normal. Finden Sie das etwa normal?« Sie schrie mich jetzt regelrecht an.

Ich schüttelte den Kopf.

»Wir haben unsere Suche immer weiter ins Umland ausgedehnt«, erzählte sie nun etwas ruhiger weiter. »Und dann fanden wir dieses Haus. Wir waren bereit, uns bis an unser Lebensende zu verschulden. Gingen ans Limit. All unsere Ersparnisse warfen wir hinein. Die Kinder hatten sich schon ihre Zimmer ausgesucht, wir hatten einen Architekten engagiert für ein paar Umbauarbeiten. Der Makler hatte uns per Handschlag den Zuschlag erteilt. Alle haben wir aus dem Feld geschlagen, sogar einen Schweizer, die ja im Zweifel hier alles aufkaufen mit ihrem ganzen Geld.«

Mit einem Mal verstummte sie, und ich sah, wie sich ihre Augen mit Tränen füllten. Die Kinder streichelten ihre Mutter, aber es wirkte mechanisch, wie einstudiert oder etliche Male wiederholt.

»Das Ehepaar Menzel hat dem Mann wohl Geld in die Hand gedrückt und gesagt, sie würden sofort unterschreiben. So wurde es mir erzählt. Und dieser Makler, der uns wochenlang mit dem Vertrag hingehalten hatte, als hätte er gewusst, dass da noch jemand kommen würde, der ihm schwarz etwas dazugeben würde, zieht sofort den Vertrag aus der Tasche – und das war's. So etwa muss das gewesen sein, so läuft das ja, eine andere Erklärung gibt es nicht.«

Die Frau schien im Zeitraffer um Jahre gealtert, die Haut fahl, das Haar strohig.

Was diese Familie erlebt hatte, die Enttäuschung, der Neid auf alle, die sich das leisten konnten, was sie unbedingt wollte, und daraus resultierend die Wut auf die Menzels, die ihnen ihren Traum vor der Nase weggeschnappt hatten – das könnte sehr wohl ein Motiv sein. Ich brauchte unbedingt ein Haar des Mannes. Und vielleicht auch eines von ihr. Andererseits, konnte eine Frau Menzel aus dem Fenster gestoßen haben? Warum nicht, dachte ich, wir lebten schließlich in genderneutralen Zeiten, da durfte man jetzt nicht zu sehr in überkommenen Stereotypen denken.

Ich entschuldigte mich, erkundigte mich nach dem Weg zur Toilette, ging in den Flur und kam an der Garderobe vorbei. Ich ergriff das Ende eines Schals und roch daran. Es schien mir das Parfüm von Frau Kaiser zu sein. Ich griff mit spitzen Fingen ein Haar, das sich in den Flusen verfangen hatte.

»Frau Kaiser, ich bedanke mich für Ihre Ausführungen«, sagte ich, als ich zurück ins Wohnzimmer kam. »Ich bin sicher, dass ich davon einiges verwenden kann.«

Sie stand auf und gab mir die Hand. »Es ist gut, dass

Sie darüber schreiben. Dieser Wahnsinn kann doch nicht ewig so weitergehen. Da muss man doch mal etwas dagegen tun.«

Ich nickte.

Man hörte einen Schlüssel im Türschloss. Und kurz darauf stand ich einem sehr verwunderten Herrn Kaiser gegenüber.

»Frank«, sagte die Frau. »Das ist Herr …, wie war noch mal Ihr Name?«

Ich konnte mich nicht mehr erinnern, welchen Namen ich genannt hatte, und murmelte etwas, das Müller oder Maier heißen konnte.

»Er schreibt für die Zeitung über unsere Geschichte. Mit dem Haus.«

Der Mann begann schwer zu atmen.

Ein Choleriker, dachte ich. Ein Verdächtiger.

»Diese Arschlöcher!«, stieß er hervor.

Ich brauchte ein Haar.

Ohne zu überlegen, stürzte ich auf ihn zu und nahm ihn in den Arm.

Er schreckte zurück.

»Aua, was tun Sie denn da?«, schrie er.

Ich ließ ihn los.

»Entschuldigung«, stammelte ich, »aber Ihre Geschichte … es tut mir so leid.«

Ich nickte den beiden zu. »Danke, Entschuldigung.«

Ich schlängelte mich an ihm vorbei zur Wohnungstür hinaus und eilte das Treppenhaus hinunter. Sie riefen mir etwas hinterher, das ich nicht verstand, dann stand ich draußen vor dem Haus.

Unten angekommen, öffnete ich meine Hand. Da lag eine ganze Haarsträhne. Das sollte Betty wohl reichen.

Ich lief los, unschlüssig, was ich als Nächstes tun sollte, als mir einfiel, dass Charlotte das Haar von Johannes Ritter besorgen wollte. Vielleicht hatte sie bereits Erfolg gehabt. Ich beschloss, das Haar direkt bei ihr abzuholen, das würde mir auch einen guten Vorwand liefern, mit ihrem Vater noch ein ernstes Wort zu wechseln, sollte er zu Hause sein. Zu Fuß ging ich nach Herdern, dorthin, wo die schwierigsten Eltern wohnten, Rechtsanwälte, Professoren, Ärzte, zumindest wurde es so von Kollegen der dortigen Schulen berichtet. Ein Stadtteil der Leute mit Geld, in dem man nie Kinder auf der Straße sah, weil sie, so es denn überhaupt welche gab, im eigenen Garten hinter dem Haus auf dem vergitterten Trampolin auf und ab sprangen. Viele der großen Gärten, denen Familien aus anderen Gegenden beim Durchfahren sehnsüchtige Blicke zuwarfen, waren auch einfach verwaist.

Am schmiedeeisernen Tor vor der von bülowschen Villa läutete ich.

»Hallo?«, sagte eine Stimme.

»Guten Abend, Horvath, ich bin ein Lehrer von Charlotte. Ob sie wohl zu sprechen wäre?«

Ich beschloss, gegebenenfalls wieder zu improvisieren, nachdem es gerade so gut geklappt hatte. Ich ertappte mich dabei, dass ich zunehmend Gefallen daran fand.

Ein Summer ertönte, und das Tor ließ sich öffnen. Die Haustür ging auf, und Charlotte stand im Türrahmen.

»Herr Horvath, das trifft sich ja gut, ich habe etwas für Sie.«

Ich betrat die Eingangshalle. Eine Haushälterin blickte mich misstrauisch an und verschwand in einem der angrenzenden Räume.

Charlotte wedelte mit einem Plastikbeutel. »Das war vielleicht ein schräger Besuch vorhin«, flüsterte sie. »Johannes Ritter ist ein totales Psychowrack. Hasst alles, was mit der Schule zu tun hat. Sagt, es geschehe Menzel recht. Wenn er wirklich der Mörder ist, wäre es fast ein wenig zu offensichtlich. Am Ende wollte er mich küssen. Einfach so. Aber so bin ich wenigstens an sein Haar gekommen. Ich konnte sogar noch eins von seiner Mutter besorgen. Zumindest hoffe ich, dass das ihre Jacke war, sie selbst war nicht zu Hause.«

Beeindruckt sah ich sie an. Charlotte von Bülow

würde alles tun, um ihre Ziele zu erreichen. So sah wahrer Ehrgeiz aus. Sie ließ sich sogar so lange von diesem Ex-Abiturienten küssen, bis sie hatte, was sie brauchte.

Eine Tür öffnete sich, und von Bülow betrat die Halle.

»Herr Horvath, was machen Sie denn hier?«

»Ich …« Ich suchte nach den richtigen Worten, um ihn zur Rede zu stellen. Charlottes Anwesenheit verunsicherte mich dabei ein wenig.

»Herr Horvath war so freundlich, mir ein paar Bücher für meine Recherche vorbeizubringen.«

Tatsächlich hielt Charlotte zwei Bücher in der Hand. Ich war noch mehr beeindruckt.

Von Bülow schaute auf die Bücher, dann auf Charlotte und auf mich.

»Nun, dann wünsche ich Ihnen einen schönen Abend«, sagte er und streckte die Hand aus. Er wandte sich zum Gehen.

»Herr von Bülow, ich hätte Ihnen noch etwas zu erzählen, wenn Sie gestatten.« Diese Gelegenheit konnte ich nicht verstreichen lassen, Charlotte hin oder her.

»Ja?« Er wirkte leicht genervt. Umso besser.

»Heute hat mich Herr Mölders auf offener Straße körperlich angegangen und mir gedroht.«

»Das ist lächerlich. Wir haben das doch gestern …«

»Sie glauben mir nicht?«, fragte ich und spürte meinerseits etwas sehr Seltenes: Mölders und nun auch von Bülow begannen mir eindeutig auf die Nerven zu gehen. »Wieso sollte ich so etwas erfinden?«

Ich sah, dass Charlotte die Szene überrascht und fasziniert gleichermaßen beobachtete. »Fragen wir ihn doch«, sagte von Bülow. »Wie es der Zufall will …«

Als hätte er auf sein Stichwort gewartet, betrat Mölders die Halle.

In der Hand hielt er einen fingerbreit gefüllten Tumbler.

»Herr Horvath, schön, Sie zu sehen.« Strahlend streckte er mir die Hand entgegen. Nichts war mehr zu sehen von der Fratze von heute Mittag.

»Herr Horvath sagt, ihr seid euch heute Mittag begegnet?«, sagte von Bülow.

»Wir beide?« Mölders spielte gut. Hätte ich es nicht besser gewusst, ich hätte ihm seine Verwunderung abgenommen.

Diese beiden verbargen etwas. Hier musste der Schlüssel zum Fall Menzel liegen.

Ich dachte an den Auftakt zu *Mord im Orientexpress*. Ein Spalt in der Mauer gab Hercule Poirot den entscheidenden Hinweis, einen Fall in Jerusalem zu lösen. *Nur ein Spalt in der Mauer,* wie später noch einmal gesagt wurde. Ich war sicher, den Spalt in der Mauer des *Sodalicium* gefunden zu haben.

Ich hatte keine Lust mehr, bei dieser Farce mitzuspielen. Ich musste von Bülow auf andere Weise mit meinen Erkenntnissen und meinem Vorhaben, damit an die Öffentlichkeit zu gehen, konfrontieren. Wenn Charlotte danebenstand, ging das nicht.

»Die Herren.« Ich verbeugte mich leicht. »Charlotte.« Ich drehte mich um und verließ eiligen Schrittes die Villa.

Zu Hause führte ich zwei Telefonate. Eines mit Constanze Kimmig, der Journalistin, die sich sehr über meinen Anruf freute. Ich nannte ihr den Code des Schließfachs und gab ihr damit grünes Licht, über das *Sodalicium* zu berichten. Das war vielleicht voreilig, aber sie würde sicher ein paar Tage für den Artikel brauchen, und ich wollte, dass er vorlag, wenn ich mit von Bülow gesprochen hatte. Sollte von Bülow plausible Erklärungen für alles haben, konnte ich sie immer noch zurückpfeifen.

Ich rief Betty an, die bereits beim zweiten Klingeln abnahm.

»Feierabend?«, fragte ich.

»Ich habe nie Feierabend.«

»Ich habe neue Haare.«

»Das ist doch schön«, antwortete sie. »In Ihrem Alter.«

»Fürs Labor!«

»Aha.«

»Und nun?«

»Kommen Sie in genau fünfzehn Minuten vor Ihr Haus. Ich fahre einen schwarzen Benz Strich-Acht.«

Sie legte auf.

Genau fünfzehn Minuten später hielt der Mercedes auf der anderen Straßenseite. Ich ging zum Auto und reichte ihr die Beutel durchs offene Fenster der Fahrertür. Es sah aus wie ein Drogendeal.

Zurück in der Wohnung, legte ich eine Johnny-Cash-Platte auf, öffnete einen Rotwein und betrachtete mein Poster mit den Verdächtigen.

Zunächst war da Merlin. Bevor Betty die Ergebnisse hatte, brachte es nichts, weiter über ihn zu spekulieren.

Als Nächstes kam Johannes Ritter, der frustrierte Ex-Abiturient. Vom Gram zerfressen wegen seines Medizinstudiums, voller Hass auf alle, die ihm das seiner Meinung nach verwehrt hatten, allen voran Michael Menzel. Auch hier, abwarten, was Betty sagte.

Dann das Ehepaar Kaiser, von ihrem unerfüllten Haustraum bis ins Mark traumatisiert. Ihre Haare waren nun ebenso in Bettys Obhut.

Als Nächstes: Dennis Mölders. Auch hier würde wohl Betty weiterhelfen.

Zuletzt Vater Mölders mit von Bülow im Hintergrund, momentan die wahrscheinlichste Theorie.

Johnny Cash sang *Long Black Veil*. Die tragische Geschichte eines Mordverdächtigen in der Todeszelle, der eigentlich ein Alibi hatte, das aber wertlos war. Denn zur Tatzeit lag er in den Armen der Frau seines besten Freundes, und nun opferte er sich, um sie nicht zu kompromittieren. Ein Schauer lief mir über den Rücken.

Buschmann und Corinna Menzel? Er habe mit ihr ausgehen wollen, hatte Corinna Menzel gesagt. Was, wenn das nur die halbe Wahrheit war?

Corinna Menzel und Buschmann könnten ein Verhältnis gehabt haben. Trafen sich im Turm. Ein perfekter Ort. Buschmann hatte den Schlüssel, nach Schulschluss und vor allem am Wochenende war da niemand zu erwarten.

Hatte Michael Menzel herausgefunden, dass die beiden eine Affäre hatten, und war ihnen in den Turm gefolgt? Vielleicht kam es dort zum Handgemenge, infolge dessen Menzel hinunterstürzte. Dann hatten Frau Menzel und Buschmann das Fenster offen gelassen und die Tür abgeschlossen, um es wie Selbstmord aussehen zu lassen. Auch eine Möglichkeit.

Aber wieso hatte Corinna das mit Buschmann mir gegenüber überhaupt angedeutet, was wollte sie damit erreichen? Sie hätte Buschmann doch komplett heraushalten können?

Wie auch immer, ich brauchte auch noch ein Haar von ihm. Gleich am nächsten Morgen würde ich mich darum kümmern.

25.

Mittwoch

Ich sah auf meinen Wecker, es war fünf Uhr morgens. Ein Klingeln an der Haustür hatte mich geweckt. Ich war sofort hellwach, ging zur Wohnungstür und drückte den Türöffner. Die Haustür unten wurde geöffnet und fiel ins Schloss. Schwere Schritte auf der Holztreppe.

Plötzlich durchzuckte mich die Erkenntnis, wie fürchterlich naiv das war, was ich da tat. Waren meine Ermittlungen aufgeflogen? Vielleicht von Menzels Mörder selbst, der mich nun daran hindern wollte, weiter nachzuforschen. Wenn es denn Mord war, mahnte eine Stimme in meinem Ohr, aber zu dieser frühen Stunde war sie nur sehr leise. Und nun stand ich hier im Morgenmantel, und eine Gestalt kam die Treppe herauf. Mölders, dachte ich. Wenn ich zurück in die Wohnung ging, saß ich in der Falle. Von hier aus gab es nur einen Weg hinunter, der nicht durchs Treppenhaus führte. Durchs Fenster. Wie Menzel. Mich schauderte. Das Licht im Treppenhaus ging aus. Fünfzehnhundert Euro Miete, und nach zwanzig Sekunden ging das Licht aus. Die Schritte kamen näher.

Nur weil du paranoid bist, heißt das nicht, dass dich niemand verfolgt, dachte ich.

Ich tastete nach dem Lichtschalter neben der Tür.

Eine Waffe. Ich brauchte eine Waffe! Leise ging ich in die Wohnung zurück und machte das Licht im Flur aus. Ich ertastete meinen Weg in die Küche, fand den Messerblock und zog das Fleischmesser heraus, das ich erst kürzlich geschärft hatte. Ich drehte mich um. Eine Gestalt stand vor mir in der Dunkelheit.

»Herr Horvath, was genau treiben Sie da?«

Erleichtert ließ ich das Messer sinken.

Betty!

»Ich wollte mir gerade ein Stück Speck abschneiden«, sagte ich. »Ein kleines morgendliches Ritual, das ich gerne durchführe. Geht nur im Dunkeln. Auch eins?«

Sie blieb stehen. Ihr Blick war unergründlich.

»Ich komme direkt aus dem Labor. Es gibt Neuigkeiten.«

Fünf Minuten später saßen wir uns bei nun eingeschaltetem Licht mit Kaffee in der Hand in der Küche gegenüber. Sie hatte die ganze Nacht durchgearbeitet, sah aber aus wie immer. Ich erinnerte mich, wie Martin erzählt hatte, dass sie so gut wie nie schlafe.

»Also«, begann sie, »ich habe mir die Haare und

Partikel, die am Fenster und auf dem Fensterbrett gefunden wurden, vorgenommen. Menzel ist ganz viel vertreten. Dazu kommt mindestens eine weitere Person, und zwar ein Mann. Die Haare beider sehen nach Kampf aus, sie sind geknickt, gesplittert, typische Merkmale von Handgreiflichkeiten am Tatort. Es gibt noch gehäuftes Material einer weiteren Person, einer Frau, aber nicht in unmittelbarer Nähe. Keines der Haare, die Sie mir gegeben haben, passt zu diesen Personen.«

Ich nickte und war wie gebannt. In meinem Kopf überschlugen sich die Gedanken. Was Betty da sagte, bedeutete im Grunde, dass Merlin, Ritter, die gescheiterten Hauskäufer, aber auch Vater und Sohn Mölders aus dem Rennen waren.

»Sind Sie sicher?«, fragte ich. Ich spürte fast so etwas wie Enttäuschung. Ich war so überzeugt gewesen, dass es Mölders war.

»Ziemlich. Da gibt es nicht allzu viele Interpretationsmöglichkeiten.«

Ich trank einen Schluck. »Das heißt, wir fangen wieder von vorne an?«

Sie sah mich ernst an.

»Mit mehr Zeit und mehr Personal könnte man sich das ganze Zimmer vornehmen, aber so, fürchte ich, müssen wir uns damit zufriedengeben.«

Letztlich blieb dann nur noch eine Möglichkeit: Corinna Menzel und Buschmann, meine Überlegung von letzter Nacht.

»Was ist mit der Lebensversicherung? Konnten Sie herausfinden, ob Menzels eine haben?«

Sie nickte. »Die haben eine im Zuge ihres Hauskaufs abgeschlossen, das war eine Bedingung der Bank. Aber die Summe ist auf den ersten Blick nicht so hoch, dass man dafür den eigenen Mann umbringen müsste.«

Dann also kein Vorsatz, sondern Mord aus Leidenschaft oder ein Unfall beim Kampf in Fensternähe.

Siedend heiß fiel mir Constanze Kimmig ein.

»Entschuldigen Sie mich bitte kurz«, sagte ich zu Betty und griff zum Telefonhörer. Ich erreichte eine Mailbox und hinterließ eine Nachricht: »Kommando zurück. Bitte keinen Artikel.«

Als ich wieder ins Wohnzimmer kam, war Betty bereits aufgestanden und zum Gehen bereit.

»Hier.« Sie hielt mir einen schwarzen Gegenstand entgegen.

»Was soll ich damit?«

»In diesem Handy ist nur eine Nummer eingespeichert. Meine. Für alle Fälle. Sie jagen hier einen Mörder, und das ist prinzipiell gefährlich. Das hier ist kein Krimi, den man abends im Bett liest.«

Widerwillig nahm ich das Handy an mich. »Danke.«

»Ich muss los.«

»Aber Sie haben gar nicht geschlafen, wollen Sie sich nicht ein wenig …?«

Sie streckte mir die Hand hin. »Viel Glück heute.«

»Wieso?«, fragte ich.

Sie zuckte mit den Schultern. »Kann man immer gebrauchen, oder?«

Bettys Ergebnisse hatten mir jede Motivation genommen. Buschmann hatte erst später Schule. Lustlos und unkonzentriert hangelte ich mich durch die Stunden.

In der zweiten großen Pause kam mir Klaus Wehrlich, unser Hausmeister, mit seinem typischen blauen Arbeitskittel entgegen. Ich glaubte zu sehen, dass er ein wenig schwankte.

»Gregor, komm mal mit!«

Ohne eine Antwort abzuwarten, machte er kehrt und lief vor zu seiner Werkstatt.

Er verschloss die Tür von innen, holte die mittlerweile fast leere Flasche Whisky hervor, die ich ihm vor einiger Zeit geschenkt hatte, und schenkte zwei Gläser ein.

»Klaus, was ist denn los, seit wann trinkst du morgens?«

»Muss manchmal sein«, sagte er und nahm einen Schluck. Er hatte einen leichten Zungenschlag. »Jetzt reicht's.«

»Was reicht?«

Er schüttelte den Kopf.

»Jahrein, jahraus plage ich mich hier ab, ja? Repariere zerstörte Türen, Stühle und Tische. Putze Schmierereien von Bänken. Einmal in der Woche muss ich irgendwo einen gemalten Pimmel wegwischen. Und was macht die Schulleitung? Als Strafe? Schickt die Übeltäter zu mir, ja? Damit sie mir helfen. Mir helfen, verstehst du? Das ist, als würde man mir vor der Arbeit beide Hände fesseln. Die können mir nicht helfen. Die können gar nichts. Die meisten hatten noch nie ein Werkzeug in der Hand. Selbst ein Putzlappen scheint die völlig zu überfordern, ja? Die reiben damit auf den Tischen herum, die sehen hinterher schlimmer aus als vorher. Wer wird denn da bestraft? Doch nicht die, ich werde bestraft!«

Mit leicht zittriger Hand, entweder vom Alkohol oder vor Wut, griff er nach seinem Glas und trank es in einem Zug leer.

»Ich mache das alles mit. Beschwere mich nicht. Aber jetzt reicht es, ja? Heute Morgen, ja, da schicken die mir einen Oberstufenschüler, Dennis Mölder oder so, kennst du den?«

Der Name kam mir durchaus bekannt vor.

»Er hat mit einem Edding ein obszönes Gemälde auf eine Klassenzimmertür gemalt. Ich drücke dem also einen Eimer mit Wasser und Putzmittel in die Hand und einen Lappen, auf einmal schreit mich einer an. Ist es der Vater. Ich hab den gar nicht kommen sehen. Stand plötzlich hinter mir. Völlig außer sich. Sein Junge hätte ihn angerufen, er würde hier misshandelt. Von mir, ja? Drohte mit Anzeige und allem. Ich glaube, der war betrunken.«

Das wurde ja immer besser. Vater Mölders ging nun auch auf den Hausmeister los. Und wieder alkoholisiert. Schade, dass Betty ihn als Tatverdächtigen ausgeschlossen hatte. Dieser Mann hatte ein massives Problem mit seiner Selbstbeherrschung. Eine tickende Zeitbombe. Man musste ihm Einhalt gebieten.

Ich nippte an dem Whiskyglas und stellte es wieder hin.

»Sag mal, du wolltest mich doch vor einigen Tagen sprechen. Warum eigentlich?«

Er sah mich fragend an.

»Na, am Turm, am Tag des Fenstersturzes«, sagte ich.

Seine Miene hellte sich auf. »Stimmt ja, das wollte ich dir erzählen. Ich hab es eigentlich zuerst der Polizei sagen wollen, aber dann dachte ich, lieber nicht.«

»Was denn erzählen?«, fragte ich und beschloss, darauf zu verzichten, ihm zu erklären, dass Verkehrs- und Kriminalpolizei nichts miteinander zu tun hatten. Er würde schon seine Gründe haben, die Polizei zu meiden.

»Also, das war ja komisch. Am Abend vorher, ja,

war ich noch kurz in der Werkstatt, also vor dem Mord. Und da sehe ich den Dings, also den Mölders.«

Ich war wie elektrisiert. Mölders war am Abend der Tat auf dem Schulgelände gewesen?

»Ja, und zwar mit der Dings. Also die Sportliche, die immer so abgekämpft aussieht. Der Mann von der ist hier auch Lehrer.«

»Buschmann?«, fragte ich ungläubig.

»Ja, Buschmann«, sagte er.

Ich war konsterniert. Mölders und Silke Buschmann? Was war das denn für eine Konstellation? Was hatten die beiden miteinander zu schaffen?

»Ja, die gingen in den Turm. Haben sich noch so umgedreht, ob sie niemand sieht. Ich hab sie beobachtet durch das Fenster da.« Er wies mit dem Glas in Richtung eines kleinen Fensters, das so dreckig war, dass es auch als Milchglas hätte durchgehen können.

»Und dann?«, fragte ich atemlos.

»Ich hab mich nicht weiter darum gekümmert und hab hier ein paar Dinge repariert, und dann, als ich nach Hause wollte, da kam die Frau Buschmann wieder, aber jetzt mit ihrem Mann. Die sind da vorne so entlanggelaufen.« Er zeigte Richtung Tür, hinter der sich der Lehrerparkplatz befand.

Es fiel mir schwer, das alles zu verdauen.

»Ihr Mann?«, fragte ich zur Sicherheit nach.

»Ja, der Herr Buschmann, den kenn ich doch.«

»Und Mölders?«

Er zuckte die Achseln. »Der war weg.«

»Bist du ganz sicher, dass das so war?«

»Äh, hallo, was denkst du denn?«

Äh, hallo?, dachte ich. Nun also auch der Hausmeister.

Ich spürte, wie meine Lebensgeister zurückkehrten. Das änderte und erklärte alles. Ein Mann und eine Frau, wie Betty gesagt hatte. Silke und Pascal Buschmann. Das war ein Knüller. Unglaublich.

Aber erstens, wieso hatten sie Menzel zum Fenster hinausgestoßen? Und zweitens, was um alles in der Welt hatte Mölders damit zu tun?

Ich fasste mehrere Entschlüsse.

Und ich brauchte mehr Haare. Nicht nur die von Buschmann, sondern nun auch von seiner Frau Gemahlin. Am Nachmittag würde ich Mölders mit dieser Zeugenaussage konfrontieren. Und Betty müsste noch einmal prüfen, ob nicht doch Mölders' Haare irgendwo am Tatort gefunden wurden. Sollte sich das alles im Labor bestätigen lassen, war der Fall so gut wie gelöst. Das Warum würde sich von alleine klären.

26.

In der fünften Stunde gab ich meiner Klasse eine Aufgabe und ging ins Lehrerzimmer. Wie erhofft war es leer. Ich musterte Buschmanns Anorak. Ich hatte keine Plastikbeutel mehr, fand aber einen Briefumschlag, in den ich mehrere Haare tat, die ich von seinem Kragen entfernte. Dann wandte ich mich der Jacke seiner Frau zu, die sie über ihren Stuhl gehängt hatte. Darüber einen Schal. Ich beugte mich hinunter, um den Kragen besser inspizieren zu können. Da! Mit spitzen Fingern versuchte ich das Haar zu erwischen, als sich die Tür zum Lehrerzimmer öffnete. Ich richtete mich schnell auf.

»Was machst du denn da?«

Ausgerechnet Silke Buschmanns Nebensitzerin, Gerlinde Szymanczyk-Hohlwang, funkelte mich misstrauisch an.

Ich beschloss, die Flucht nach vorn zu ergreifen.

»Hör zu, Gerlinde, du musst mir versprechen, dass du niemandem etwas davon erzählst, was ich dir jetzt sage. Vor allem nicht Silke!«

Ihr Misstrauen wich etwas anderem. Schierer Neugierde.

»Nun sag schon«, presste sie hervor.

»Ich liebe Silke!«

Sie sah mich überrascht an, offenbar unschlüssig, wie sie auf dieses Geständnis reagieren sollte.

»Und, was machst du dann da an ihrer Jacke?«

»Was denkst du denn, was ich da mache? Seit Monaten verzehre ich mich nach ihr. Komme keinen Zentimeter an sie heran.«

Theatralisch griff ich mir den Schal, drückte ihn mir vors Gesicht und sog Luft ein.

Gerlinde Szymanczyk-Hohlwang trat erschrocken einen Schritt zurück.

»Es ist die einzige Möglichkeit, ihr nahe zu sein.«

Ich warf den Schal mit dramatischer Geste zurück auf den Stuhl. »Ja, halt mich ruhig für pervers, aber nur, wenn du nicht weißt, was unerfüllte Liebe ist.«

Damit stolzierte ich von dannen. Zwischen Daumen und Zeigefinger steckte ein Haar. Wenigstens das …

Ich eilte Richtung Lehrertoilette, vergewisserte mich, dass sie leer war, nahm Bettys Handy heraus und wählte ihre Nummer. Mailbox.

»Betty, ich bin's, Horvath. Neuigkeiten. Es gibt einen Zeugen. Und ich habe die Haare der Verdächtigen. Wir müssen uns treffen. Schnell!«

Mein Jagdfieber war wieder erwacht. Ungeduldig wartete ich darauf, dass Betty sich zurückmeldete, bei jeder Gelegenheit starrte ich auf mein Handy wie ein Jugendlicher, wobei ich darauf achten musste, dass mich niemand sah. Schließlich hatte ich einen Ruf zu verlieren.

Ich hastete zurück ins Klassenzimmer, am Vertretungsplan vorbei, wo ein paar Sechstklässler sich laut schreiend auf dem Boden wälzten, um die Nachricht über eine ausgefallene sechste Stunde zu feiern. Die Schüler meiner Klasse hatten zwei Wachtposten oben an der Treppe postiert, die nun mit aufgeregten »Er kommt!«-Rufen zurück ins Zimmer rannten.

Nach der Stunde versuchte ich jemanden von der Viererbande zu erwischen. Ich hatte das Gefühl, sie heute noch zu benötigen. Es war Tariks schwarzer Haarschopf, der irgendwann aus den gleichförmigen Frisuren der Jungmänner herausragte.

»Tarik, es hat sich etwas ergeben. Könnt ihr gegen Abend zu mir kommen?«

»Ich gebe es weiter. Wir werden da sein, Sie können sich auf uns verlassen.«

Ich nickte und eilte davon. Auf dem Weg zum Bus sah ich wieder auf das Handy. Immer noch keine Nachricht von Betty. Verdammt.

Den Nachmittag verbrachte ich damit, in meinem Wohnzimmer auf und ab zu gehen, aufs Handy zu starren und nachzudenken.

Mölders war also doch noch im Rennen. Ich wusste zwar nicht, was er mit den Buschmanns zu schaffen hatte, oder besser, was sie mit ihm, aber er war dabei. Wehrlich hatte ihn am Tatort gesehen.

Ich rief Constanze Kimmig an und hinterließ eine weitere Nachricht: »Planänderung. Raus mit dem Artikel.«

Langsam manifestierte sich ein Plan in meinem Kopf. Ich würde Mölders zur Rede stellen und die Viererbande als Nachhut mitnehmen, falls die Dinge eskalierten. Ich würde ihm von dem Zeugen erzählen, ohne Klaus Wehrlichs Namen zu nennen. Sollte ich von Bülow mit einbeziehen? Nein, eher nicht. Der war zu glatt und als Politiker gewohnt, sich nicht in die Karten schauen zu lassen. Mölders war ein Choleriker, offenbar unter großem persönlichen Druck, vielleicht wegen des Abiturs seines minderbemittelten Sohnes, vielleicht aus ganz anderen Gründen, die ich nicht kannte, vielleicht, weil er einen Mord begangen hatte. Ich konnte mir gut vorstellen, dass irgendetwas aus ihm herausbrechen würde, wenn ich ihm sagte, was ich wusste. Aber ich musste ihn außerhalb seines Büros erwischen. Dort waren Angestellte, dort war er ein Profi. Ich musste ihn erwischen, wenn er sein Visier oben hatte. Am besten zu Hause. Natürlich wohnte er auch in Herdern. Wo sonst?

Zur Beruhigung legte ich etwas Chopin auf.

Ich griff erneut zum Handy und rief noch einmal Betty an. Wieder die Mailbox. Was hatte die denn so Wichtiges zu tun, dass sie nicht drangehen konnte?

Als es dunkel wurde, sprach ich Tarik auf die Mailbox.

»Könnt ihr euch auf den Weg machen? Wir treffen uns nicht bei mir, sondern am Siegesdenkmal. So in einer halben Stunde?«

Ich legte auf und zog mich an.

Es klingelte an der Tür.

Das musste die Viererbande sein, die die Nachricht noch nicht abgehört hatte.

Ich öffnete die Wohnungstür und ging in die Garderobe, um meinen Mantel zu holen. Als ich mich umdrehte, stand Silke Buschmann in der Tür. Sie wirkte noch hagerer als sonst.

»Gregor, ich muss mit dir reden.«

Instinktiv wollte ich beiseitetreten und sie einlassen. Gleichzeitig ging in meinem Hinterkopf eine rote Alarmleuchte an und begann wild zu blinken.

Aber es war zu spät.

Silke Buschmann trat einen großen Schritt auf mich zu und drückte mir die Hand ins Gesicht. Darin hielt sie ein Tuch.

Ich schmeckte etwas Bitteres auf den Lippen.

Ich drehte mich weg, doch da gaben schon meine Knie nach.

Ich spürte, wie ich fiel.

Es wurde schwarz.

27.

Es war dunkel und hell gleichzeitig. Und kalt. Ich lag am Boden und konnte mich nicht bewegen.

Neben mir Geräusche. Eine Schaufel, die sich in Erdreich grub.

Ein Wald. Links von mir Bäume, rechts eine Wiese. Dort grub jemand ein Loch. Er trug eine rote Funktionsjacke.

Buschmann.

Autoscheinwerfer beleuchteten die Szenerie.

Ich wollte etwas sagen, doch mein Mund war mit Klebeband verschlossen.

Buschmann sah, wie ich den Kopf hob, und hörte auf zu graben.

»Gregor«, sagte er.

»Red nicht mit ihm!« Silkes Stimme drang aus der Dunkelheit.

Ich wandte den Kopf.

In Richtung Wald kauerte Silke Buschmann am Boden.

Mein Kopf dröhnte. Ich versuchte zu rekonstruieren, was hier vor sich ging. Das Ehepaar Buschmann hatte mich betäubt. Vermutlich hatte Gerlinde Szymanczyk-Hohlwang Silke Buschmann erzählt, dass ich mich an ihrer Jacke zu schaffen gemacht hatte. Diese hatte eins und eins zusammengezählt, sich ein Betäubungsmittel besorgt – als Chemielehrerin hatte sie vermutlich problemlos Zugang zu so etwas –, und nun schafften sie mich aus dem Weg. Weil sie wussten, dass ich wusste, dass sie Menzels Mörder waren.

Mein Nebensitzer Buschmann und seine Frau.

Das war doch nicht möglich. Quasi in meinem toten Winkel, so nah dran und trotzdem unbemerkt, hatten die beiden einen Menschen umgebracht.

Ich versuchte, den Kopf zu heben.

Buschmann kam auf mich zu.

»Lass ihn!«, sagte Silke Buschmann. »Je weniger wir mit ihm reden, desto besser.«

»Aber vielleicht hat er das Haar ja schon abgegeben, dann können wir uns das hier sparen.«

»Hat er nicht. Ich sage es dir doch, Gerlinde hat mir erzählt, dass er das Haar genommen hat. Sie dachte, er ist ein Perverser. Ich habe ihn seit Schulschluss beobachtet. Er war nirgends, er hat niemanden getroffen, niemand hat ihn zu Hause besucht. Er muss das Haar noch haben.«

»Und wenn er telefoniert hat?«, fragte Buschmann.

»Na und«, sagte sie. »Müssen wir uns eben beeilen.

Und das Haar kann er ja schlecht durchs Telefon weitergegeben haben. Also gibt es keinen Beweis gegen uns.«

Sie hatte recht. Ich war der einzige Mensch, der wusste, dass sie die Mörder waren. Wenn sie mich beseitigten, würde ich mein Geheimnis mit ins Grab nehmen. Vor morgen früh, wenn ich nicht in die Schule käme, würde mich niemand vermissen. Und dann würde es zu spät sein.

Kurz dachte ich daran, dass Betty vielleicht in diesem Moment endlich auf ihr Handy schauen würde. Und dass die Viererbande womöglich gerade jetzt vor meiner Wohnungstür stand. Und dann? Was für Schlussfolgerungen würden sie ziehen? Ich wusste es nicht.

Und niemand würde die Buschmanns verdächtigen. Klaus Wehrlich war der Einzige, der die beiden noch mit Menzels Tod in Verbindung bringen konnte. Aber selbst wenn ihm jemand glauben sollte, mir würde das nichts mehr nutzen. Wenn ich das richtig deutete, wollten sie mich hier vergraben.

Jemanden irgendwo hinunterzuwerfen und Erde auf ihn zu schmeißen war *eine* Sache. Aber jemanden mit eigenen Händen zu töten eine ganz andere. Daher würden sie mich hineinwerfen und mich dann mit Erde bedecken, dessen war ich mir sicher.

Ich musste an Merlin und seinen Film *Spurlos* denken, dessen Inhaltsangabe ich interessehalber gelesen hatte.

Lebendig begraben. Was für ein fürchterlicher Tod. Was für ein jämmerliches Ende.

Die Buschmanns. Meine Fahrgemeinschaft.

Wie die Macbeths, dachte ich. Mit ruhigem Puls interpretierte ich die Situation, als wäre sie ein Stück Literatur. Silke Buschmann als leibhaftige Lady Macbeth, die das Ganze vorantrieb, er der Handlanger. Hast du auch *ein Herz so weiß*, Silke Buschmann? Fühlst du dich im Recht und ohne Schuld?

Ach was. Diese beiden waren wie das Ehepaar Macbeth schon zu weit durchs Blut gewatet, es war zu spät, umzukehren, also mussten sie weitermachen. Sie hatten keine Wahl.

Ob ich ihnen als Geist erscheinen könnte? Ich würde es auf jeden Fall versuchen.

Vielleicht hätte ich neulich vor der Klasse nicht aus dem Shakespeare-Stück zitieren sollen. Unter Schauspielern bedeutet die Erwähnung von *Macbeth* Unglück. Deshalb wird nur vom *Scottish Play* gesprochen, um den Titel nicht nennen zu müssen. Hätte ich mich mal besser daran gehalten.

»Mann, Gregor, echt«, schrie Buschmann mich mit einem Mal an und stützte sich auf die Schaufel. »Was machst du denn für eine Scheiße, spielst plötzlich Hobbydetektiv, was soll denn das?«

Ich hätte ihm gerne geantwortet, dass ich auch nicht wusste, was das sollte, dass ich aber die ganze Zeit dachte, ich würde jemanden zur Strecke bringen, der es verdient hatte. Mölders zum Beispiel. Doch nicht meine Fahrgemeinschaft. Das Klebeband über meinem Mund ließ jedoch nach wie vor nicht zu, dass ich überhaupt irgendetwas antwortete.

»Red nicht mit ihm!«, sagte Silke Buschmann wieder. »Je weniger du mit ihm redest, desto leichter ist es.«

»Sag du mir nicht, was ich tun soll!«, schrie Buschmann sie an. »Wegen dir sind wir ja wohl in dieser verfickten Scheiße, oder täusche ich mich?«

Er grub weiter.

Silke Buschmann starrte ihren Mann zornerfüllt an, aber da war auch noch etwas anderes in ihrem Blick: Scham.

Und mit einem Mal wusste ich, was passiert war.

Silke Buschmann hatte eine Affäre mit Menzel gehabt. Deshalb war Menzel in letzter Zeit, wie seine Frau berichtet hatte, so oft abwesend gewesen, auch wenn er körperlich da war. Er hatte sich mit Silke Buschmann getroffen oder hatte an sie gedacht. Sie hatte sich mit ihm im Turmzimmer getroffen. Wehrlich, der Hausmeister, hatte die Namen verwechselt. Er hatte Menzel gemeint, nicht Mölders. Die Aufregung über Mölders' Attacke auf ihn und der Alkohol wahrscheinlich.

Buschmann hatte etwas geahnt und seiner Frau nachspioniert. Buschmanns Eintreffen beim Turm hatte Wehrlich verpasst.

Und was war im Turmzimmer passiert? Gab es ein Handgemenge? Oder hatte Buschmann Menzel vorsätzlich hinuntergestoßen?

Buschmann teilte nicht gerne, was ihm gehörte, man hätte es ahnen können, seit diesem Ausraster wegen seiner Australientasse.

Jedenfalls hatten die beiden beschlossen, es zu verheimlichen, indem sie das Fenster offen ließen, sodass es wie Selbstmord aussah. Dann hatten sie gemeinsam den Turm verlassen, wobei Wehrlich sie beobachtet hatte.

Deshalb war Buschmann an jenem Morgen im Auto so übellaunig gewesen. Wer wollte es ihm verdenken? Deshalb war seine Frau eine Woche krank gewesen und seither wortkarg und in sich gekehrt. Und Buschmann musste die ganze Zeit mitspielen. Musste Corinna Menzel die Nachricht vom Tod ihres Mannes überbringen. Was für ein Druck, dachte ich, man könnte fast Respekt davor haben.

Jedenfalls, was auch immer jetzt geschah, auf keinen Fall durften die beiden erfahren, dass es einen Zeugen gab, sonst war Klaus Wehrlich in höchster Gefahr. Der Hausmeister war der Letzte, der ihnen nun noch gefährlich werden konnte.

Buschmann warf die Schaufel zur Seite.

»Fuck, fuck, fuck, so eine verdammte Scheiße.«

Er nahm die Schaufel wieder in die Hand und donnerte sie immer wieder auf die Erde.

»Du hättest ihn ja nicht gleich hinunterstoßen müssen«, sagte seine Frau leise.

»Ich wollte das doch nicht, verdammt, wie oft soll ich das noch sagen? Ich bin ausgetickt. Wollte ihm nur Angst machen.«

Er ließ sich auf die Erde neben mir fallen.

»Er ist mir einfach durch die Finger gerutscht«, sagte er leise, mehr zu mir als zu ihr.

Buschmann brach in Tränen aus.

Mit fiel ein, dass die stille Mädchengruppe aus dem Deutschkurs mit ihrer Theorie den Nagel beinahe vollständig auf den Kopf getroffen hatte. Beziehungstat. Treffen im Turmzimmer. Nur im Personenkarussell hatten sie leicht danebengelegen. Schade, ich würde allem Anschein nach keine Gelegenheit mehr haben, sie dafür zu loben.

Es war merkwürdig, statt Todesangst zu empfinden, arbeitete mein Kopf ruhig und präzise wie ein Uhrwerk.

»Silke, was machen wir denn hier? Lass uns aufhören, das ist doch Wahnsinn.«

Sie sprang auf. »Nix da, ich geh nicht ins Gefängnis. Für was denn? Wegen einer Affäre? Wo sind wir denn? Man geht nicht grundlos fremd, du könntest dich auch mal fragen, wie es dazu kommen konnte! Anstatt gleich komplett auszuflippen! Außerdem, was war denn das mit dir und Corinna Menzel, glaubst du, ich habe nicht gesehen, wie du sie immer angeschmachtet hast? Tu bloß nicht so, du bist keinen Deut besser.«

»Ist ja wohl immer noch ein Unterschied, ob man etwas denkt oder es tut!«

Ich hätte einiges zu diesem Thema zu sagen gehabt. Denken statt tun, das war mein Lebensmotto gewesen. Im Zimmer sitzen statt leben, grübeln statt machen. Mein Leben lang hatte ich mir vorgestellt, wie mir der Wind um die Nasenspitze wehte, hatte darüber gelesen, statt es selbst zu erleben. Bis vor einigen Tagen, als ich versucht hatte, den Spieß umzudrehen. Hatte mir nicht weiter vorgestellt, wie es sein könnte, Menzels Tod aufzuklären, und ich habe es getan.

Es hatte mich hierhergebracht, gefesselt an den Rand einer Grube, die eigens zu dem Zweck ausgehoben worden war, mich darin zu begraben. Aber, obwohl ich wohl gleich hier sterben würde, wusste ich eines ganz genau: Ich würde es wieder tun. Ich bereute nichts. So lebendig wie die letzten Tage hatte ich mich ewig nicht gefühlt. Vielleicht nie.

Buschmann neben mir hatte aufgehört zu schluchzen. Er sah seine Frau an, sie schaute zurück. Beide erhoben sich.

»Also, fuck it, lass uns das machen«, sagte er.

Meine letzte Hoffnung, er würde seine Frau überreden, mich zu verschonen, war dahin.

Er packte meine Arme, sie meine Füße, und sie warfen mich in das Loch. Der Tod ist nicht das Problem, es ist das Sterben, das so verflucht schwer ist. Hatte ich das einmal irgendwo gelesen? Oder in einem Film gesehen? Ich wusste es nicht mehr.

»Tut mir leid, Gregor«, sagte er noch und sah mich kurz an, dann spürte ich Erde auf mir. Überall auf meinem Körper. Ich sah die Schaufel, wie sie ein ums andere Mal über dem Grubenrand erschien und Erde über mich schüttete.

Der Schein der Lampe wurde diffuser, Schwärze hüllte mich ein.

Der Spalt in der Mauer, denke ich. Er bringt nicht die Wahrheit. Er bringt den Tod.

Mord als Mittel zum Zweck. Ein klarer Fall nach Baumeister. Den vermeintlich einzigen Menschen zu beseitigen, der einen ins Gefängnis bringen kann. Silke Buschmann und Michael Menzel. Darauf ist keiner der Schüler gekommen.

»Nur zwei kennen die Wahrheit«, sagt Poirot im *Orientexpress.* »Euer Gott und Hercule Poirot.« Ich weiß nicht, wie Gott zu alledem hier steht, aber in unserem Fall sind es auch zwei. Klaus Wehrlich und Gregor Horvath. Letzterer wird gleich nicht mehr leben. Und Klaus Wehrlich ist nicht der Hellste und trinkt zu viel. Was ist seine Aussage wert?

Gesichter ziehen an mir vorbei. Martin. Unser Vater. Menzel. Mölders. Die Viererbande. Von Bülow.

Betty.

Ihr Gesicht vor meinem. Wehmut.

Die Viererbande, denke ich noch mal. Das Gespräch mit Tarik heute Vormittag. *Kommt gegen Abend bei mir vorbei.*

Mittlerweile sehe ich nichts mehr und bekomme immer weniger Luft.

Eichendorffs verstörendes Gedicht *Zwielicht* kommt mir in den Sinn. *Hast du einen Freund hienieden, trau ihm nicht zu dieser Stunde, freundlich wohl mit Aug' und Munde, sinnt er Krieg im tück'schen Frieden.* Das hat er nicht nur trefflich, sondern geradezu prophetisch gereimt, der Freiherr. *Trau ihm nicht zu dieser Stunde.* Buschmann, der falsche Freund. Und da sage noch einer, so ein Germanistikstudium sei brotlose Kunst. Leben könnte es retten. Könnte. Aber jetzt ist es zu spät. Jetzt ist alles zu spät. Ich habe gedacht, diese Ermittlung macht, dass ich mich wieder spüre. Ich habe diese Idee gejagt wie eine Schimäre, die mich immer weiter angelockt hat, immer tiefer hinein in einen Tunnel am Ende des Lichts. In die Gruft. In die Dunkelheit.

Mehr Erde auf meinem Gesicht. Ich blase sie aus dem Nasenloch, bekomme kurz Luft, doch da kommt die nächste Schaufel. *Also was den Tod angeht, ich bin dagegen,* fällt mir noch ein Satz von Woody Allen ein. Mein Gehirn arbeitet tadellos, bis zuletzt. Eine interessante, wenn auch nutzlose Beobachtung.

Das Klebeband über meinem Mund verhindert den Impuls, den Mund zu öffnen. Hoffentlich geht es jetzt schnell. Ich versuche ein letztes Mal, die Arme zu befreien, aber es hilft nichts, sie sind zu fest gebunden.

Man darf nicht aufgeben, denke ich. Hemingway hat das gesagt. Man kann zerstört werden, aber man darf niemals aufgeben.

Ich versuche loszulassen.

Mögest du bereits eine halbe Stunde im Himmel sein, bevor der Teufel merkt, dass du tot bist. Ein alter irischer Trinkspruch, glaube ich. In dem bekannten Kirchenlied sind es vierzig Jahre, fällt mir in diesem Augenblick auf. Das ist doch Unsinn. Vierzig Jahre, wieso soll es dem Teufel nach so langer Zeit überhaupt noch auffallen? Das mit der halben Stunde kommt mir schlüssiger vor. Dass ich zum jetzigen Zeitpunkt über solche Dinge nachdenke, wäre wieder ein gefundenes Fressen für Rosa. Wo andere panisch herumzappeln würden, denkt er über Kirchenlieder nach.

Mehr Licht, waren Goethes letzte Worte, bevor er starb.

Mehr Luft, sind meine.
Gedämpfte Stimmen?
Ein Schuss.
Mehr Stimmen!
Die Erde über mir bewegt sich.
Licht.
Jemand reißt mir das Klebeband vom Mund.
Luft!
Ich atme.

28.

Das erste Gesicht, das ich sah, gehörte Betty. Sie schaute mich aus großen Augen an.

Dahinter Martin. Und die vier Schüler der Viererbande. Sie zogen mich hoch. Banden mich los. Ich atmete schwer.

Martin nahm mich in den Arm.

»Mann, Gregor.«

»Schön, dich zu sehen, Bruder.«

»Herr Horvath, Glückwunsch«, sagte Lucy. »Sie haben den Fall gelöst.«

Ich sah mich um.

Ein Stück weiter lag Buschmann am Boden und schrie. Betty war jetzt bei ihm und verband ihm das Bein.

Ein paar Meter weiter saß seine Frau mit Handschellen gefesselt und starrte mit leerem Blick in die Dunkelheit.

»Wie habt ihr mich gefunden?«

»Sie waren nicht zu Hause«, sagte Tarik.

»Dann haben wir versucht, Frau DeVille und Ihren Bruder zu erreichen«, sagte Charlotte.

»Hat zum Glück ausnahmsweise mal geklappt«, sagte Martin.

»Und woher wusstet ihr, dass ich hier bin?«

Betty war wieder zu uns gestoßen. Sie kniete sich neben mich und betastete meinen Mantel. Sie zog das Handy aus meiner Tasche. »Ich hatte so ein Gefühl.«

»Dafür war das Handy? Ortung?«

»Nicht nur. Es war schon auch zum Telefonieren gedacht. Leider konnte ich Ihre Anrufe heute Nachmittag nicht entgegennehmen. Als ich gesehen habe, wie oft Sie es versucht haben, und die Schüler sich meldeten, war mir klar, dass etwas passiert sein musste.«

»Die Buschmanns«, sagte Tarik, und wir sahen zu ihnen hinüber, »wer hätte das gedacht?«

»Ich hab denen schon immer alles zugetraut«, sagte Tim.

29.

In den Tagen danach erschloss sich nach und nach das komplette Rätsel. Es war ein Panoptikum der Zufälle und Missverständnisse.

Keiner meiner Verdächtigen war der Mörder gewesen, weder Johannes Ritter oder seine Mutter noch Merlin Schwarz noch Herr Kaiser, der Mann ohne Haus. Und nicht einmal Mölders, mein Lieblingsverdächtiger, hatte mit dem Mord an Menzel etwas zu tun.

Dafür hatte er nun ganz andere Probleme. Constanze Kimmigs Artikel über das *Sodalicium* war schließlich doch erschienen. Alle Verdächtigungen im Fall Menzel waren natürlich getilgt, dafür hatte die Journalistin offenbar mittels meiner Informationen über die Bauvergabe am Schumann und ihren Recherchen aus der Vergangenheit ein Bild gezeichnet, das Baukorruption im großen Stil nahelegte. Die Herren Mölders und von Bülow waren auch an anderen Projekten, vor allem Sanierungen und Neubauten an Schulen, beteiligt gewesen, um ihrem Freund Pohl Aufträge zuzuschanzen. Unser Arm reicht weit, hatte er das nicht gesagt? Das stimmte wohl. Die Staatsanwaltschaft hatte sich eingeschaltet. Weitere Erkenntnisse schienen nur eine Frage der Zeit. Das *Sodalicium* kam in dem Artikel auch zur Sprache – und es kam nicht sonderlich gut weg. Der Verdacht der nicht näher definierten Einflussnahme auf Abiturprüfungen stand im Raum und würde weiterverfolgt werden. Zwar leugneten alle Befragten, darunter auch Schulleiter Dr. Kroll, die Existenz des *Sodalicium*. Für mich war klar, dass Kroll vom *Sodalicium* wusste und der Zirkel Menzel daran hatte hindern wollen, das Profil der Schule zu ändern. Auch wenn von Bülow und Mölders im Mordfall Menzel unschuldig waren, so war zumindest ihr Ruf beschädigt, zumal sie als Einzige in dem Artikel namentlich genannt wurden. Und auch der Ruf der Schule hatte gelitten, nicht nur dieses Skandals wegen, sondern vor allem, weil zwei Lehrer als mutmaßliche Mörder eines Kollegen verhaftet worden waren. Nicht wenige Eltern meldeten unmittelbar ihre Kinder ab.

Die nächsten Tage verbrachte ich hauptsächlich zu Hause, wo ich viel Zeit zum Nachdenken hatte.

Es war schon komisch. Ich hatte versucht, wie die großen Detektive Zeichen zu deuten. Aber anders als Hercule Poirot hatte ich nicht sämtliche falsch gestreuten Hinweise durchschaut, um am Ende die

Wahrheit zu finden, ich war wie ein betrunkener Gaukler mit Haaren bewaffnet durch das Gewirr der Hinweise getapert, nur um schließlich rein zufällig eine Wahrheit zu entdecken, die niemand wollte und die die Welt nur unwesentlich besser machte.

Wäre es bei Menzels Selbstmordtheorie geblieben, wäre Buschmann nun nicht im Gefängnis, Corinna Menzel hätte nie erfahren, dass ihr Mann während ihrer Schwangerschaft eine Affäre hatte.

Immerhin waren durch mein Eingreifen einige unlautere Dinge ans Licht gekommen, aber etwas sagte mir, dass das alles genauso gut von Mölders und von Bülow abprallen konnte.

Hatte ich geglaubt, man würde mir auf die Schulter klopfen und mich hochleben lassen für mein Engagement? Nun, falls es so war, mein Irrtum konnte größer nicht sein. Niemand kam zu mir. Ein Happy End sah anders aus.

Allerdings kam mir ein weiterer Gedanke. Genau genommen hatte nicht ich die Wahrheit gefunden, eigentlich war es andersherum gewesen, und dies hatte dann doch wieder etwas Tröstliches.

Martin hatte mir noch etwas Interessantes gebeichtet. Er hatte das Rätsel mit dem erhängten Mann damals gar nicht gelöst. Zufällig hatte er dieselbe Zeitschrift gelesen, der unser Vater das Rätsel entnommen hatte. Ein paar Tage lang hatte er mit dem Gedanken gespielt, es mir zu gestehen, und dann hatte er es vergessen – bis zu dem Moment, als ich bei unserem Abendessen neulich wieder darauf zu sprechen kam.

Es schien, als wäre sowohl mein Verhältnis zu Martin als auch mein Antrieb, endlich einmal einen rätselhaften Fall lösen zu wollen, einem Irrtum geschuldet. Nichts in dieser Geschichte war, wie es schien. Vielleicht galt das nicht nur für diesen Fall, sondern fürs ganze Leben.

Es klingelte an der Tür.

Ich drückte den Öffner und wartete an der Wohnungstür. Schwere Schuhe auf der knarzenden Treppe. Eine dunkle Gestalt.

Kurz dachte ich, es wäre Mölders.

Aber dann: ein roter Mund und zwei große Augen, die nicht blinzelten.

Betty.

Sie blieb ein paar Stufen unter mir stehen und schaute zu mir hoch.

»Gibt es noch etwas zu besprechen, Frau DeVille?«, fragte ich.

Sie stand da und schaute. »Bittest du mich nun hinein oder nicht?«

Ein weniger törichter Mann hätte auch selbst auf diese Idee kommen können, dachte ich und trat beiseite, um sie einzulassen.

Danksagung

Mein Dank geht an Anne für alles, Klolle für Gregors Namen, Sabine Grohnberg und Helika Jurina für Latein-Nachhilfe, Thomas Karpf für Kriminalauskünfte. Carolin Graehl und Regine Weisbrod für ein manchmal schmerzhaftes, aber immer hilf- und vor allem lehrreiches Lektorat.

Und Kai Gathemann, ohne den es diesen Roman nicht gäbe.